飞花令·风

中国文化·古典诗词品鉴

素心落雪 编著

中国文史出版社

图书在版编目（CIP）数据

飞花令. 风 / 素心落雪编著. — 北京：中国文史出版社，2018.5

ISBN 978-7-5205-0258-0

Ⅰ. ①飞… Ⅱ. ①素… Ⅲ. ①古典诗歌—诗集—中国 Ⅳ. ①I222

中国版本图书馆CIP数据核字（2018）第095764号

责任编辑： 牛梦岳

出版发行：**中国文史出版社**
社　　址：北京市海淀区西八里庄路69号院　邮编：100142
电　　话：010-81136606　81136602　81136603（发行部）
传　　真：010-81136655
印　　装：廊坊市海涛印刷有限公司
经　　销：全国新华书店
开　　本：787mm × 1092mm　1/32
印　　张：8　　字数：170千字
版　　次：2018年8月第1版
印　　次：2022年10月第3次印刷
定　　价：29.80元

解读飞花令

飞花令，原是饮酒助兴的游戏之一，输者罚酒。源自古人的诗词之趣，得名于唐代诗人韩翃《寒食》中的名句“春城无处不飞花”。古代的飞花令要求，对令人所对出的诗句要和行令人吟出的诗句格律一致，而且规定好的字出现的位置同样有着严格的要求。

而现行“飞花令”的游戏规则相对宽松得多，只要围绕关键字背诵出相应的诗句即可。即使这样，“飞花令”仍是真正高手之间的对抗，因为这不仅考察对令者的诗词储备，更是临场反应和心理素质的较量。

飞花令

目录

风

风

风

荆　轲

荆轲（？—前227），战国末期卫国人，曾游历燕国，燕人称其荆卿。燕太子丹逃离秦国回到燕国后与田光谋刺秦王，田光向燕太子丹推举荆轲，燕太子丹尊荆轲为上卿。公元前227年，荆轲赴秦以献地之名行刺秦王，失败被杀。

风萧萧兮易水寒，壮士一去兮不复还

易水歌

先秦·荆轲

风萧萧兮易水寒，壮士一去兮不复还。
探虎穴兮，入蛟宫，仰天呼气兮，成白虹。

注释

萧萧：指较大的风声。

易水：河流名，为当时燕国的南方边界河。

兮：语气词。

壮士：意气豪壮而勇敢的人，指荆轲。

白虹：日月周围的白色晕圈，指气魄之大。

简析

这是一首气魄悲伤，读之令人慷慨激昂的饯别辞，表现了荆轲逆天下大势而粉身碎骨的胆气。

“风萧萧兮易水寒，壮士一去兮不复还。”开篇就白描景物是诗词中常见的手法，通过“萧萧”的听觉与“寒”的触觉平实地将寒风凛冽的易水河边展示在读者眼前。但紧跟上一句“不复还”，实属难得，直接就将刺秦的悲壮之气与凄冷之景互动了起来，平添了几分不怕失败的豪气。

“探虎穴兮，入蛟宫，仰天呼气兮，成白虹。”两句则更像是荆轲自夸之举，在夸耀虎穴蛟宫都敢闯一闯，吐气如虹的过人胆识与本领，真不愧是古今刺客第一人的自信气度，以及悲壮的个人英雄主义的牺牲精神。尤其是呼气成虹，不仅吐出了自己的胆气，更将整首诗的感情烘托上升到积极慷慨之情感，由悲入壮又避免了由悲入怨，实属难得。

至于荆轲在刺秦之前是否预见了自己的失败，古今争议也颇多。就这首诗来讲，应该是明白自己不得复还了，但是哪怕不复还又何必在意呢，龙潭虎穴不走上一趟又怎么知道最后的结果呢？

背景

公元前227年，荆轲带着秦逃亡将军樊於期的头和夹有匕首的燕国督亢（今河北涿州市东南）地图，在易水边辞别燕太子丹、高渐离等人，与秦舞阳踏上刺秦征程。到秦国后借献燕国督亢地图之机，持图中匕首刺秦王，失败被杀。这首诗相传为荆轲在易水辞别太子丹时所作。

名家点评

〔西汉〕司马迁：复为羽声慷慨。士皆瞋目。发尽上指冠。于是荆轲就车而去。(《史记》)

〔明〕胡应麟:《易水歌》仅十数言，而凄婉激烈，风骨情景，种种具备。亘千载下，复欲二语，不可得。(《诗薮》)

〔清〕沈德潜：至今读之，犹存变徵之声。(《古诗源》)

刘　邦

刘邦（前256—前195），即汉高祖，字季，江苏沛县人。秦末农民起义军领袖，西汉王朝创立者。曾为泗水亭长。在位十二年，其间，承秦制，实行中央集权，灭韩信等异姓王，迁六国贵族于关中，复员士卒，释放奴婢，轻徭薄赋，重农抑商，发展农业生产，制定《汉律》等。公元前195年病死于长安长乐宫。

大风起兮云飞扬，威加海内兮归故乡

大风歌

西汉・刘邦

大风起兮云飞扬，
威加海内兮归故乡。
安得猛士兮守四方！

注释

威：威望，权威。

加：施加。

守：守护，保卫。

四方：指国家领土。

简析

此诗是汉高祖刘邦创作的一首帝王之歌，前后思想情怀差别极大，虽只有短短三句，却立体地表达了帝王落寞的真情。

全诗开篇就洋溢着一种衣锦归故里，紧握天下的王霸之情。大风劲吹云飞扬的辽阔之景恰好与诗人刚刚一统天下的自豪之情相互衬托。以前风吹过的地方还不知道属于谁的，而现在无论风在哪吹皆在王土，这种骄傲哪怕是善于隐忍的汉高祖刘邦都不能免俗，想要第一时间回归故乡炫耀。

“安得猛士兮守四方！”把属下那种“原来皇上与我们一样也有衣锦还乡的俗人心思”的心情收了回来。一方面在提点属下好好努力，另一方面又暗示着刚刚那失态之句不过是为了自己对国家尚不安定的浓郁的惆怅做铺垫罢了。

而这种前后矛盾的心态却也向世人展示了“高处不胜寒”的孤家寡人的悲伤。夺了天下却失去了朋友，是真的没有猛士吗，还是身边没有信得过的人才？耐人寻味。

背景

公元前196年，刘邦平定了淮南王英布叛乱。西归途中经过故乡沛县，与昔日朋友欢饮数日，在席上他唱起这首大风歌，抒发了他远大的政治抱负，也表达了他对国事忧虑的复杂心情。

名家点评

〔清〕张玉谷：首句比己之扫除群雄，次句乃见在事，末句言守成之难也。《文中子》谓：安不忘危，霸心之存。《丹阳集》谓：志气慷慨，规模宏远，凛凛乎已有四百年基业之气。良然。(《古诗赏析》卷三)

曹　操

曹操（155—220），字孟德，沛国谯（今安徽亳州）人。东汉末年著名政治家、军事家和文学家。一生讨伐董卓、镇压黄巾军、“挟天子以令诸侯”，先后消灭吕布、袁术、袁绍、刘表等割据势力，统一黄河流域。位至丞相、大将军，封魏王。曹魏立国后被追尊为太祖武帝。

秋风萧瑟，洪波涌起

观沧海

东汉 · 曹操

东临碣石，以观沧海。
水何澹澹，山岛竦峙。
树木丛生，百草丰茂。
秋风萧瑟，洪波涌起。
日月之行，若出其中。
星汉灿烂，若出其里。
幸甚至哉！歌以咏志。

注释

碣（jié）石：古山名，即碣石山。

沧：通“苍”，青绿色。

澹澹（dàn dàn）：水波荡漾的样子。

竦峙（sǒng zhì）：耸立。竦，通耸，高。

萧瑟：风吹草木声音。

星汉：银河，天河。

至：极点。

简析

这首借景咏志诗将苍凉慷慨的建安风骨表现得淋漓尽致。

首句单刀直入，交代了观沧海的地点，即诗人登上碣石山来观看沧海之景。“水何澹澹，山岛竦峙。树木丛生，百草丰茂。秋风萧瑟，洪波涌起。”后六句描写沧海的波澜壮阔，沧海边的高耸山石，以及苍茫凄冷的草木环境。宽阔浩荡的海水，高耸的山岛，树木与百草丛生，秋风吹起树叶发出萧瑟之声，海中巨大的海浪涌出。

“日月之行，若出其中；星汉灿烂，若出其里。”直到读到这四句诗，才会发现前面极尽笔墨描写的苍茫之景，只为后续的慷慨激昂之情的抒发做铺垫。我们都知道海再大也大不过天地，更不用说星辰日月了，那么作为大海中一部分的沧海又怎么能装得下这辽阔的日月星辰呢？因此诗人的理性迫使他加了两个“若”，但也在这两个“若”的背后，加上两句“幸甚至哉！歌以咏志。”则能揣摩出沧海的雄心大志了，诗人要把目前这一刻的景牢牢记下，及时歌唱。何尝不是在暗示自己气吞万里如虎的胸怀，那对沧海野望的期待更是在抒发自己统一中原建功立业的抱负吧！

背景

公元207年，曹操出兵征伐乌桓，得胜回师经过碣石山时登山观海，触景生情，写下了这首壮丽的诗篇。

名家点评

〔清〕张玉谷：此志在容纳，而以海自比也。(《古诗赏析》)

〔清〕沈德潜：有吞吐宇宙气象。(《古诗源》)

刘 桢

刘桢（170—217），字公干，东平宁阳（今属山东宁阳县）人。“建安七子”之一，以诗见长，五言诗颇负盛名，后人将其与曹植并称“曹刘”。明代张溥辑有《刘公干集》，收入《汉魏六朝百三家集》中。

风声一何盛，松枝一何劲

赠从弟（其二）

东汉 · 刘桢

亭亭山上松，瑟瑟谷中风。
风声一何盛，松枝一何劲！
冰霜正惨凄，终岁常端正。
岂不罹凝寒，松柏有本性！

注释

亭亭：耸立的样子。
瑟瑟：形容风声。
一何：多么。

惨凄：凛冽，严酷。

罹（lí）凝寒：遭受严寒。

本性：固有的性质或个性。

简析

本诗为刘桢《赠从弟》三首中的一首，全组诗分别通过对萍藻、松柏、凤凰的吟咏，展示其傲然风骨，既表达诗人自己对高洁之性、坚贞之节、远大抱负的追求，又是对他的堂弟的勉励。

“亭亭山上松，瑟瑟谷中风。”开篇两句通过呼啸而过谷中清风的衬托，瞬间就将山上亭亭之松挺拔之姿描写得活灵活现，展现出松柏不畏艰苦的坚贞之气。

“风声一何盛，松枝一何劲！”接着的两句直接抒情，在如此猛烈的风声之下，松枝是如此刚劲，毫不掩饰地表达自己对松柏的赞赏之情。如果就此结束，诗歌情感虽表现出来，但并不夺人眼球。

“冰霜正惨凄，终岁常端正。岂不罹凝寒，松柏有本性！”于是诗人巧妙地想象了落雪之景，松柏在万木凋零的凄寒严冬也能够挺直腰杆，不向大雪低头。不是松柏与众不同躲开了严寒，而是松柏自有其独特的个性。后四句想象之景，辞藻功力虽不是最佳的，但结合前四句来看，诗人看松柏的角度明显是独特的，见前景描后景的思路令人佩服。尤其是最后一句“松柏有本性”耐人琢磨，此本性是指耐寒的草木之性，还是代指勇于在艰难困苦中保持端正坚贞的态度，我们不得而知。但是这也启发我们只有在严酷的环境下磨炼自己的本性，才能在任何时候明确自身的道路，不被谷中风吹歪。

背景

《赠从弟》共三首，此为其二。作者勉励他的堂弟要具有松柏一样坚贞高洁的品性，寄托了对堂弟的深情勉励和殷殷期望。

名家点评

〔魏晋〕钟嵘：曹公父子，笃好斯文；平原兄弟，郁为文栋；刘桢、王粲，为其羽翼。(《诗品序》)

〔魏晋〕刘勰：陈思之黄雀，公干之青松，格刚才劲，而并长于讽喻。(《文心雕龙·隐秀》)

〔清〕陈祚明：翠峰插空，高云曳壁。(《采菽堂古诗选》)

佚 名

天苍苍，野茫茫。风吹草低见牛羊

敕勒歌

魏晋·佚名

敕勒川，阴山下。天似穹庐，笼盖四野。
天苍苍，野茫茫。风吹草低见牛羊。

注释

敕勒（chì lè）：我国古代北方少数民族之一，北齐时居住在朔州一带。

敕勒川：川：平川、平原。敕勒族居住的地方。

穹庐（qióng lú）：用毡布搭成的帐篷，即蒙古包。

四野（yǎ）：草原的四面八方。

天苍苍：天蓝蓝的。

茫茫：辽阔无边的样子。

见（xiàn）：同“现”，显露。

简析

这是一首脍炙人口的北方游牧民族的民歌，歌颂草原壮丽富饶的风光，表达敕勒人民对家乡的热爱。

“敕勒川，阴山下。天似穹庐，笼盖四野。”寥寥数语却勾勒出一幅水草丰盛、牛羊肥壮的草原动态图，更具诗歌的精髓。开头两句交代地点，阴山下的敕勒河。紧接着将读者的眼光无限放大，描绘着天地无限广阔的草原风貌，也为下文部落的富足作了铺垫。

“天苍苍，野茫茫。风吹草低见牛羊。”蓝天草原一望无边，但随着一阵风吹过，牧草低洼处露出来的尽是牛羊。不得不说通过前文广阔天地的描写，读至结尾两句自然而然出现遍地的牛羊。作者是巧妙地将牛羊的数量夸张处理了，但却给人一种理所应当的感觉，不得不说正是民谣的魅力所在。

此诗读之颇具豪情，意境可谓浑然天成，完全在自然的景中陡然而生。当然其感情色彩更偏于少数民族自由的浪漫主义，歌颂北方壮阔之景与殷实富足的物资，更有着促进其部落团结之意，散发着希望部落边疆扩大、牛羊遍地的美好愿景，大气魄中藏着小心思。

背景

相传是敕勒人创作的民歌。它产生时期为5世纪中后期。《乐府诗集》引《乐府广题》说，北齐皇帝高欢率兵进攻西魏，返回晋阳途中，军中谣传其中箭将亡，高欢带病宴会大臣，为振军心，他命部将斛律金唱《敕勒歌》，遂使将士怀旧，军心大振。

名家点评

〔金〕元好问：慷慨歌谣绝不传，穹庐一曲本天然。中州万古英雄气，也到阴山敕勒川。(《中州集》)

〔明〕胡应麟：此歌之妙，正在不能文者以无意发之，所以浑朴苍莽，使当时文士为之，便欲雕缋满眼。(《诗薮》)

张 翰

张翰，生卒年不详，字季鹰，吴郡（今上海松江附近）人。西晋文学家。纵任不拘，时称"江东步兵"。齐王司马冏辟为大司马东曹掾，张翰知冏将败，遂弃官归。所作诗今仅存6首。

秋风起兮木叶飞，吴江水兮鲈正肥

思吴江歌

西晋·张翰

秋风起兮木叶飞，吴江水兮鲈正肥。
三千里兮家未归，恨难禁兮仰天悲。

注释

吴江：今吴淞江。

木叶：树叶。

鲈：盛产于吴江的一种食用鱼。

三千里：夸张之词，形容路远。

简析

这是一首睹景思归的诗，表达了诗人的思乡之情。但作为“吃货”的张翰是真的想吃吴江鲈鱼脍，还是不愿久留职位，耐人寻味。

“秋风起兮木叶飞，吴江水兮鲈正肥。”以想象的美景美食开篇，后抒发抑郁悲叹，给读者的冲击力是巨大的，其艺术美感也富有层次性与冲击力。前两句从秋风起、树叶飞的平实秋景写起，自然而然地发出故乡吴江的鲈鱼鲜美口感的怀念之情。很容易引起每一个人对故乡风物享受与留恋的共鸣。

正当我们沉醉于诗人的同感之时，诗人笔锋陡然一转，“三千里兮家未归，恨难禁兮仰天悲”。家，远在天边；人，有事不能归。恨呀！悲呀！后两句无论是艺术张力，还是真情流露的感情皆能让读者对作者发出同情，触动读者的心弦。

背景

西晋“八王之乱”初起，齐王对张翰有笼络之意，诗人不愿从乱，又见秋风起，乃思吴中菰菜、莼羹、鲈鱼脍，这首诗当是思归时即兴吟成。

名家点评

〔北宋〕王赞：吴江秋水灌平湖，水阔烟深恨有余。因想季鹰当日事，归来未必为莼鲈。(《中吴纪闻》)

〔近代〕王文濡：季鹰吴江鲈莼与渊明故园松菊，同斯意致。(《古诗评注读本》)

王献之

王献之（344—386），字子敬，小字官奴，东晋著名书法家。琅琊临沂（今属山东省）人。王羲之第七子。官至中书令。他擅长各种书体，尤精行草书，与其父并称“二王”。

桃叶映红花，无风自婀娜

桃叶歌（其一）

东晋·王献之

桃叶映红花，无风自婀娜。
春花映何限，感郎独采我。

注释

桃叶：指王献之的妾。
婀娜：这里代指桃叶轻盈娇艳的体态。
郎：指王献之。

简析

这是首魏晋风流爱情诗的代表佳作，体现出诗人提倡大胆表现爱情的美好的追求。

“桃叶映红花，无风自婀娜。”前两句平平淡淡的白描景色，桃花那轻盈娇艳的体态即便没有春风的吹拂，也在桃叶的映衬下显得婀娜多姿。描写过后将个人的视角引向对桃花的关注与想象，这样处理后使得后两句桃叶对诗人感激的对话真实立体。

“春花映何限，感郎独采我。”春景无限春花无穷，但是诗人既不采花，也不赏景，独采桃叶，也难怪桃叶要发出“感郎独采我”之声了。而诗歌其中借此物言他物的处理，更令人叫绝。读完后会使读者对自身只着眼桃花的艳丽，而忽视桃叶感到一丝惭愧。

魏晋时代文人思想比较解放，对于妻妾之争也有了不同前人的思考与争论。在这种时代大背景下，王献之又有个名为桃叶十分宠爱的妾，故写作此歌，大胆突破了当时儒家礼法。这种对爱情的自由追求更值得后人称道，加上语短情长的笔墨灵气，堪称古代爱情诗中的一篇佳作。

背景

《桃叶歌》是东晋王献之所作，有三首歌词，此篇是其中之一，是王献之送别爱妾桃叶时所作。

陶渊明

陶渊明（365—427），一名潜，字元亮，世称“靖节先生”。浔阳柴桑人（今江西九江）人，出身仕宦家庭，曾做过江州祭酒、镇军参军、建威参军、彭泽令等小官。由于厌倦官场，四十一岁弃官归乡，过起躬耕隐居的田园生活。陶渊明是田园诗派的创始人，诗文辞赋风格淡雅、感情真挚、语言质朴自然。有《陶渊明集》存世。

分散逐风转，此已非常身

杂诗（其一）

东晋 · 陶渊明

人生无根蒂，飘如陌上尘。
分散逐风转，此已非常身。
落地为兄弟，何必骨肉亲！
得欢当作乐，斗酒聚比邻。
盛年不重来，一日难再晨。
及时当勉励，岁月不待人。

注释

蒂（dì）：瓜果、花等与枝、茎相连处称蒂。

陌：东西走向的道路，此处泛指道路。

此：指此身。

非常身：指不再是盛年之身。

落地：刚生下来。

斗：酒器。

盛年：壮年。

勉励：激励。

简析

此诗感情多变，大致分为迷惘、迷醉、觉醒三个层次。符合陶渊明诗歌一贯的淡泊色彩。

“人生无根蒂，飘如陌上尘。”首句以迷惘之情展开，探讨人之命运这个永恒的话题，诗人将个人比做无根之萍，陌上之尘。发出人一生的经历不过是随风飘摇，难保初心与常身的感叹，此时的感情基调由迷惘转向悲叹的无奈。

“分散逐风转，此已非常身。落地为兄弟，何必骨肉亲！”紧跟着的四句则画风一转，在明悟人生不如意事常八九的现实之后，诗人发出“落地为兄弟”的感慨，与孔子“四海之内，皆兄弟也”的观点遥相呼应，更反映了陶渊明身处乱世对和平、泛爱的一种向往。

“得欢当作乐，斗酒聚比邻。”所以自然而然地发出了迷醉之言，这是诗人在面对命运不测时而准备妥协之举，结合背景来看更是魏晋风流的隐世自保之情，也许在诗人看来世道不公，那便醉生梦死也无妨。

“盛年不重来，一日难再晨。及时当勉励，岁月不待人。”

最后四句则更像是一个文人的觉醒之言，面对其他知识分子不屑或鄙视的眼神，诗人选择继续纵酒，并且奉劝他们要珍惜时光，不要犹豫，既然人生不可把握，官场不可肃清，又为何被名利遮眼放弃行乐呢？毕竟“盛年不重来”，“岁月不待人”啊！

背景

这组诗共十二首，约作于陶渊明54岁时，主要慨叹韶光易逝和壮志难酬。这首诗起笔即对命运之不可把握发出慨叹，读来使人感到迷惘、沉痛。终篇慷慨激越，使人为之感奋。

名家点评

〔唐〕李善（注）：杂者，不拘流例，遇物即言，故云杂也。（《文选》）

〔明〕黄文焕：十二首中愁叹万端，第八首专叹贫困，余则慨叹老大，屡复不休，悲愤等于《楚辞》。（《陶诗析义》）

鲍 照

鲍照（约414—466），字明远，东海（今山东郯城）人。临海王刘子顼镇荆州，任前军参军，故世称鲍参军。子顼谋反赐死，鲍照为乱军所杀。鲍照是南朝宋成就最高的诗人。他的诗歌思想内容丰富，有明显的社会意义。有的诗直接反映人民在战乱和徭役压迫下的痛苦生活，表达保卫祖国的热望，充满爱国主义精神；有的是对士族门阀的无情揭露和愤怒抗议。他的七言诗，对于当时诗体的发展起了很大的推动作用，直接影响了唐代诗人的浪漫主义风格。有《鲍参军集》存世。

摇荡春风媚春日，念尔零落逐寒风

梅花落

南北朝 · 鲍照

中庭多杂树，偏为梅咨嗟。问君何独然？念其霜中能作花，露中能作实。摇荡春风媚春日，念尔零落逐寒风，徒有霜华无霜质。

注释

中庭：庭院中。

咨嗟：叹息声。

其：指梅花。

尔：指杂树。

霜华：霜中的光华。

霜质：本指梅花的抗寒能力，借喻抵抗艰难恶劣环境的本质。

简析

这是一首沿用乐府旧题，前所未见的杂言诗，描写梅花在冬日与春日的不同表现，表达对梅花有霜华无霜质的讥讽。

“中庭多杂树，偏为梅咨嗟。问君何独然？念其霜中能作花，露中能作实。”本诗前五句为正常咏梅之言，通过诗人的自问自答，在庭院各色花草的衬托下表达对梅花不吝笔墨，特别喜欢的原因——因梅花有在严霜中开花，寒露下结果的霜华品质，表达出对那在艰苦中奋斗不息精神的赞赏，与古今咏梅诗的情感基调一致。

“摇荡春风媚春日，念尔零落逐寒风，徒有霜华无霜质。”后三句则画风突变，通过描写杂树虽能在明媚的春日摇曳生姿，却又随寒风零落而缺乏耐寒的品质，进而反衬了梅花的高洁坚韧的品格。

与其说诗人在讥讽杂树，不如说在借杂树讽世，结合诗人坎坷的政治生涯来看，全诗蕴含了寒门士人凌霜傲雪孤高自得的精神，表现了其在严酷环境中不屈的高贵品质。

背景

鲍照一生仕途坎坷，很不得志，但他的诗文在生前就颇负盛名，《梅花落》就是在其沉沦之时所作。

名家点评

〔明〕陆时雍：明远才力标举，凌厉当年；如五丁凿山，开世人所未有。(《古诗镜》)

杜公瞻

杜公瞻，生卒年不详，隋代文学家。博陵恒阳（今河北曲阳）人。少好学，有家风。隋卫尉杜台卿之侄，官至安阳令，曾奉敕编纂《编珠》，今仅存诗一首。

色夺歌人脸，香乱舞衣风

咏同心芙蓉

隋·杜公瞻

灼灼荷花瑞，亭亭出水中。
一茎孤引绿，双影共分红。
色夺歌人脸，香乱舞衣风。
名莲自可念，况复两心同。

注释

同心芙蓉：即并蒂莲，红白两色皆有，一干两花。

灼灼：明亮貌。

瑞：美好的祥瑞。

亭亭：形容花体挺拔优雅。

夺：胜过。

念：爱怜。

况复：何况，况且。

简析

这是首咏荷诗。古来咏荷者众，写并蒂莲者少，杜公瞻不仅描写得活灵活现，结尾更是点睛表达了对两心相悦之赞赏与祝福之情。

“灼灼荷花瑞，亭亭出水中。”象征祥瑞的荷花在水中亭亭玉立，开得明媚鲜艳，形象表现了出水芙蓉的绰约风采。

“一茎孤引绿，双影共分红。”则将人们的视角从大片荷花中缩小，将目光投放于翠绿花茎上开着的两朵相同艳丽的并蒂莲。这种视角放缩的火候诗人拿捏得恰到好处。

“色夺歌人脸，香乱舞衣风。”则是对比想象了，诗人将并蒂莲与歌女、舞女相比，感觉绽放的荷花颜色比歌女的容貌更胜一分，馥郁的香气迷乱了舞女舞衣下的微风。直接抒发了对那一双并蒂莲的喜爱之情。

“名莲自可念，况复两心同。”最后两句耐人寻味，这样的并蒂莲必然会互相思念吧，更何况它们的心还是连在一起的。此两句便解释了诗人对并蒂莲喜爱之情的来源——对于两心相悦的美好愿景。借着歌颂美丽的并蒂莲，或许在希望两心相同的传说是现实存在，又或许在表达希望自己与爱人如同并蒂莲一般可以同心同思的美好情感。

虞世南

虞世南（558—638），字伯施，越州余姚（今属浙江杭州）人。隋唐时期著名书法家、文学家、诗人。官至秘书监，封永兴县子，人称“虞永兴”。编有《北堂书钞》一百六十卷。全唐诗收其诗一卷。

居高声自远，非是藉秋风

蝉

唐·虞世南

垂绥饮清露，流响出疏桐。
居高声自远，非是藉秋风。

注释

垂绥（ruí）：古人结在颔下的帽缨下垂部分。蝉在口、腹下长有针喙与之相似，故称“垂绥”。

清露：纯净的露。

藉：依靠。

简析

这是一首借物喻人的咏物诗，咏物中尤多寄托，具有浓郁的象征意义。

诗句句句写的是蝉的形体、习性和声音，而句句又暗示着诗人高洁清远的品行志趣，“蝉”与“我”互相解释互相衬托，咏物的深层意义其实是咏人。全诗多用比兴手法，“垂緌”暗示显宦，因古人常以“冠缨”指代达官贵人。显宦和“清客”在作者笔下统一在“垂緌饮清露”的蝉的形象中了。这“贵”与“清”的统一，正是为三、四句的“清”无须借“贵”埋下伏笔，用笔巧妙。次句描写蝉声的抑扬顿挫和长鸣不已；“出”字把蝉声远播的意态形象化了，让人从中想象到人格化的蝉清华隽朗的高标逸韵。蝉声远播，一般人往往认为是借助于秋风的传送，作者却别有慧心，“非是藉秋风”强调这是出于“居高”而自能致远。这种独特的感受蕴含着一个真理：品格高尚的人，并不需要某种外在的凭借，自能声名远扬。全诗突出强调人格的力量，表达出作者对人的内在品格的热情赞美和高度自信，也表现出作者以蝉自许，雍容不迫的风度和气韵。

背景

唐太宗时虞世南任弘文馆学士，成为重臣，但从不傲慢，踏实勤奋。太宗对其称赞有加，常邀他参加一些典礼活动。一天，太宗起了雅兴，邀请弘文馆学士们共赏海池景色，谈诗论画，太宗询问大家是否有新的诗歌作品，虞世南便诵读出该诗。

名家点评

〔明〕钟惺：与骆丞“清畏人知”语，各善言蝉之德。(《唐诗归》卷一)

〔明〕谭元春：于清物当说得如此。(《唐诗归》卷一)

〔清〕沈德潜：咏蝉者每咏其声，此独尊其品格。(《唐诗别裁》)

〔清〕施补华：《三百篇》比兴为多，唐人犹得此意，同一咏蝉，虞世南“居高声自远，端不藉秋风”，是清华人语；骆宾王“露重飞难进，风多响易沉”，是患难人语；李商隐“本以高难饱，徒劳恨费声”，是牢骚人语。比兴不同如此。(《岘佣说诗》)

王 勃

王勃（约650—676），字子安，绛州龙门（今山西河津）人。初唐四杰之一。十四岁中举。曾在沛王李贤处任侍读，后因事被逐，游历于巴蜀之地。咸亨三年（672）任虢州参军，因擅杀官奴触犯刑律，从轻发落被革职。其父受牵连被黜。王勃去交趾探父，因渡海溺水受惊而死。

王勃的诗多写个人生活，亦有抒发政治感慨，风格清新。原有文集，已散佚，明人辑有《王子安集》。

况属高风晚，山山黄叶飞

山中

唐・王勃

长江悲已滞，万里念将归。
况属高风晚，山山黄叶飞。

注释

滞：滞留。

万里：形容归程之长。

况属：何况是。

属：恰逢，正当。

高风：山中吹来的风，指秋风。

简析

这是首思家旅愁的小诗，诗人在寥寥二十个字中描秋景抒悲情，酝酿出浑壮悲凉的气氛，将自己的离情别绪赋予飘飞的黄叶。

“长江悲已滞，万里念将归。”直抒胸臆，因见长江都能逶迤东去，触动自己有家不能归滞留异乡的悲思。古人借江水来抒发羁旅愁情者众多，但王勃此句的艺术张力比肩者寥寥。因为他不仅借长江抒情，还把自己的悲愁之情注入长江，将长江人格化，使悲情入悲景，惆怅的长江与悲愁的诗人相互感发、契合、共鸣，强烈地引导读者的情绪趋同。

“况属高风晚，山山黄叶飞。”后两句单纯写景，秋风萧瑟、黄叶飘零将秋的凄冷表现得淋漓尽致。此二句虽无直接表现感情的字眼，诗人浓厚的感情还是可以渗透出来的。特别是最后飘飞的黄叶，与“一川烟草，满城风絮，梅子黄时雨”含蓄说愁的说法类似，将风吹叶落之景写得如此悲愁，无疑是诗人将旅思乡情的注入，从而加强了它的感染力量造成的。

结合王勃被废斥后在巴蜀作客的写作背景来看，这层离愁就更多了一丝政治上怀才不遇的自嘲与悲凉了，是思乡而愁还是思官而愁，我们不得而知，可能是愁上加愁吧。

背景

这首诗是王勃旅蜀后期的作品。表面看他离开长安的态度似乎很洒脱，而内心是很复杂的，南国物候也为诗人增添了不少的乡思和烦忧。

名家点评

〔清〕黄叔灿：上二句悲路远，下二句伤时晚，分两层写，更觉萦纡，黯然魂断。(《唐诗笺注》)

〔清〕宋宗元：末二句，邈然。(《网师园唐诗笺》)

〔清〕宋顾乐：寄兴高远，情景俱足。(《唐人万首绝句选评》)

城阙辅三秦，风烟望五津

送杜少府之任蜀川

唐・王勃

城阙辅三秦，风烟望五津。
与君离别意，同是宦游人。
海内存知己，天涯若比邻。
无为在歧路，儿女共沾巾。

注释

少府：唐人对县尉的尊称。杜少府，名不详。

之任：赴任。

蜀川：泛指蜀地。

城阙：指唐代都城长安。

辅：护卫。

五津：四川境内长江的五个渡口，此处泛指四川。

比：并肩站着。

无为：无需，不必。

简析

这首诗是赠友人的送别诗名作，慰勉友人勿在离别之时悲哀，其开阔的胸襟千古留名。

“城阙辅三秦，风烟望五津”对仗工整地点明了古诗的背景。“与君离别意，同是宦游人”由实转虚，有一个感情的跌宕过程。“海内存知己，天涯若比邻”，达到感情抒发的高潮，空间的远离分不开知己的心，只要同在四海之内，就是天涯海角也如同近在邻居一样，一秦一蜀又算得什么呢？表现了友谊不受时间的限制和空间的阻隔，是永恒的，无所不在的，所抒发的情感是乐观豁达的。全诗高度概括了“友情深厚，江山难阻”的主旨，“无为在歧路，儿女共沾巾”点出“送”的主题，不要在这分别的路口，像小儿女一样哭哭啼啼啊！全诗开合顿挫，气脉流通，意境旷达，感情经历了千回百转。送别诗中的悲凉凄怆之气，音调明快爽朗，语言温和高远，内容另辟蹊径。此诗一洗往昔送别诗中悲苦缠绵之态，体现出诗人高远的志向、豁达的情趣和旷达的胸怀。

背景

这首诗是作者在长安的时候写的。“少府”是唐朝对县尉的通称。姓杜的少府将到四川去做官，王勃在长安相送，临别时赠送给他这首送别诗。

名家点评

〔明〕顾璘：读《送卢主簿》并《白下驿》及此诗，乃知初唐所以盛，晚唐所以衰。(《批点唐音》)

〔明〕郭濬：苍然率然，多少感慨，说无为愁，我始欲愁。(《增订评注唐诗正声》)

〔明〕胡应麟：唐初五言律诗唯王勃“送送多穷路”“城阙辅三秦”等作，终篇不着景物，而兴象婉然，气骨苍然，实首启盛、中妙境。(《诗薮·内编·近体·五律》)

〔明〕陆时雍：此是高调，读之不觉其高，以气厚故。(《唐诗镜》)

杨　炯

杨炯（650—694），华州华阴（今属陕西）人。杨炯与王勃、卢照邻、骆宾王并称“初唐四杰”，世称“王杨卢骆”。杨炯以边塞征战诗见长，风格雄健豪放，气势轩昂。其诗突破了齐梁宫体诗的风格，在诗歌发展史上起到了承前启后的作用。明人辑有《盈川集》。

雪暗凋旗画，风多杂鼓声

从军行

唐・杨炯

烽火照西京，心中自不平。
牙璋辞凤阙，铁骑绕龙城。
雪暗凋旗画，风多杂鼓声。
宁为百夫长，胜作一书生。

注释

烽火：古代边防告急的烟火。

西京：长安。

牙璋：古代发兵所用之兵符，分为两块，相合处呈牙状，朝廷和主帅各执其半。指代奉命出征的将帅。

凤阙：阙名。汉建章宫的圆阙上有金凤，故以凤阙指皇宫。

龙城：又称龙庭，汉时匈奴的要地。这里指塞外敌方据点。

凋：原意指草木枯败凋零，此指失去了鲜艳的色彩。

百夫长：一百个士兵的头目，泛指下级军官。

简析

这是一首抒发诗人报国热情的抒情诗。

“烽火照西京”，通过“烽火”这一战场上的代表性景物，把军情的紧急表现出来了。一个“照”字渲染烘托了紧张气氛。“心中自不平”，国家兴亡，匹夫有责，他不愿再把青春年华消磨在笔砚墨香之间。一个“自”字，表现了书生那种自心中主动喷薄而出的爱国激情，提升了人物的精神境界。“牙璋辞凤阙”，描写军队辞京出师的情景，“牙璋”“凤阙”两词，显得正式、稳重，既说明出征将士怀有崇高的使命，又显示出师场面的隆重和庄重。第四句“铁骑绕龙城”，说明唐军已经神速地把敌方城堡包围得水泄不通。“铁骑”“龙城”渲染出龙争虎斗的战争气氛。一个“绕”字，又形象地写出了唐军包围敌人的军事态势。颈联开始写战斗，诗人通过景物描写侧面烘托。“雪暗凋旗画，风多杂鼓声”，视听结合：大雪弥漫，遮天蔽日，使军旗上的彩画都显得黯然失色；狂风呼啸，与雄壮的进军鼓声交织在一起，更显得气势逼人。两句诗，有声有色，生动鲜活。诗人别具机杼，以象征军队的“旗”和“鼓”，表现出征将士冒雪同敌人搏斗的坚强无畏和在狂风战鼓声激励下奋勇杀敌的悲壮激烈场面。最后两句：“宁为百夫长，胜作一书生。”直接抒发从戎书生保边卫国的壮志豪情。艰苦激烈的战斗，更增添了他对这种不平凡的生活的热爱，激发了心中无限的男儿热血，他宁愿做最低级的小官驰骋沙场，为保卫边疆而战，也不愿做置身书斋的书生，空有一腔热血却无处施展。

全诗使用跳跃式的结构不仅给人留下了丰富的想象余地，又使诗歌具有明快的节奏，如山崖上飞流惊湍，给人一种一气直下、一往无前的气势，有力地凸显出书生强烈的爱国热情和唐军将士气壮山河的精神面貌。

背景

唐高宗调露、永隆年间（679—681），吐蕃、突厥曾多次侵扰甘肃一带，诗人有感于当时战事，作下此篇。

名家点评

〔明〕蒋仲舒：三、四实而不拙，五、六虚而不浮。(《唐诗广选》)

〔明〕陆时雍：浑厚，字字铢两悉称。首尾圆满，殆无余憾。(《唐诗镜》)

〔明〕王夫之：裁乐府作律，以自意起止，泯合入化。(《唐诗评选》)

〔清〕贺裳：杨盈川诗不能高，气殊苍厚。“宁为百夫长，胜作一书生”，是愤语，激而成壮。(《载酒园诗话又编》)

〔清〕叶羲：此诗有《秦风·无衣》意。(《唐诗意》)

贺知章

贺知章（659—约744），字季真，自号四明狂客，越州永兴（今杭州萧山）人。证圣进士，官至秘书监。后还乡为道。

贺知章为人旷达不羁，有“清谈风流”之誉。好饮酒，与李白友善，是“吴中四士”之一。其诗以绝句见长，诗多祭神乐章和应制之作。写景抒情之作，风格独特，清新潇洒。《全唐诗》尚存其诗一卷。

不知细叶谁裁出，二月春风似剪刀

咏柳

唐 · 贺知章

碧玉妆成一树高，万条垂下绿丝绦。
不知细叶谁裁出，二月春风似剪刀。

注释

碧玉：碧绿色的玉石，这里借以比喻春天的嫩绿的柳叶。

妆：装饰，打扮。

丝绦：丝线编成的带子，这里形容随风飘拂的柳枝。

简析

这是一首自然优美的咏物诗，通过赞美柳树以小见大，表达了诗人对春天的无限赞美与热爱。

开篇运用直接描写的手法，先写整体：高高的柳树像是碧玉妆饰而成。用“碧玉”形容柳树的翠绿晶莹，突出它颜色的鲜翠欲滴。“万条垂下绿丝绦”写下垂披拂的柳枝犹如万千条丝带轻垂，突出它的轻柔美。“不知细叶谁裁出”写柳叶，突出其精巧细致的形态美。三句诗分写柳树的各部位，各有千秋。而三、四句构成一个设问句。一问一答，就由柳树巧妙地过渡到春风。似剪刀的春风能裁出这些细巧的柳叶，是自然活力的象征，是春的创造力的象征。这首诗通过赞美柳树，进而赞美春天，讴歌春的无限创造力和给人的美的享受。

背景

诗人在春日的闲暇时光，见春柳披拂，心中欢喜，作下此诗。

名家点评

〔明〕陆时雍：春风如刀，即柳叶如彩，此其为风味之佳。(《唐诗镜》)

〔现代〕刘拜山：“不知”二句，语意新奇，生机盎然，咏春柳入妙。(《千首唐人绝句》)

孟浩然

孟浩然（689—740），本名浩，以字行，襄州襄阳（今属湖北）人。早年隐居于鹿门山。四十岁时游长安，应进士不第。后为荆州从事，患疽卒。

孟浩然与王维齐名，称为“王孟”。其诗内容多以山水田园、隐居逸兴及羁旅行役为主，风格清淡雅致，长于写景，是“山水派”诗人的杰出代表。有《孟浩然诗集》存世。

夜来风雨声，花落知多少

春晓

唐·孟浩然

春眠不觉晓，处处闻啼鸟。
夜来风雨声，花落知多少。

注释

晓：天刚亮的时候，春晓：春天的早晨。

不觉晓：不知不觉天就亮了。

啼鸟：鸟的啼叫声。

简析

“春眠不觉晓，处处闻啼鸟。”诗人抓住春天的早晨刚刚醒来时的一瞬间展开描述，借清脆的鸟鸣侧面描绘了一幅春日清晨的清丽图景，抒发了诗人热爱春天、珍惜春光的美好心情。首句破题，“不觉晓”自然流露出诗人对明媚朝阳的喜爱；次句即景，写悦耳的鸟鸣使行文更加生动活泼，也交代了作者醒来的原因。“夜来风雨声，花落知多少。”诗人回忆昨夜的风雨交加，再看到眼前被风雨摧残的落花，惋惜之情油然而生，全诗由对春意的喜爱慢慢过渡到对春的惋惜，语言平易浅近，自然天成，言浅意浓，景真情真，深得大自然的真趣。

背景

该诗是唐代诗人孟浩然隐居鹿门山时所作。孟浩然早年曾隐居鹿门山，后入长安谋求官职，考进士不中，还归故乡。

名家点评

〔南宋〕刘辰翁：风流闲美，正不在多。(《王孟诗评》)

〔明〕顾璘：此篇真景实情，人说不到。高兴奇语，唯吾孟公。(《唐诗广选》)

〔明〕钟惺：通是猜境，妙！妙！(《唐诗归》)

〔明〕唐汝询：昔人谓诗如参禅，如此等语，非妙悟者不能道。(《唐诗解》)

〔明〕陆时庸：喁喁恹恹，绝得闺中体气，宛是六朝之余，第骨未峭耳。(《唐诗镜》)

荷风送香气，竹露滴清响

夏日南亭怀辛大

唐·孟浩然

山光忽西落，池月渐东上。
散发乘夕凉，开轩卧闲敞。
荷风送香气，竹露滴清响。
欲取鸣琴弹，恨无知音赏。
感此怀故人，中宵劳梦想。

注释

南亭：指作者所居三间南园中的亭子。

辛大：辛谔。

山光：傍山的日影。

池月：池边的月色。

东上：从东面升起。

开轩：开窗。

卧闲敞：躺在幽静宽敞的地方。

恨：遗憾。

感此：有感于此。

中宵：夜半。

劳：苦于。

梦想：想念。

简析

这是一首赏景怀人诗，诗的内容可分两部分，一是写夏夜在南亭纳凉的清爽闲适，二是表达对友人的怀念。

“山光忽西落，池月渐东上。”开篇就是遇景入咏，“忽”“渐”二字不仅化静为动，而且表现出诗人心理一种主观的快感。“散发乘夕凉，开轩卧闲敞。”披散着头发在夜晚乘凉，打开窗户躺卧在幽静宽敞的地方。“荷风送香气，竹露滴清响。”一阵阵的晚风送来荷花的香气，露水从竹叶上滴下发出清脆的响声。诗人于清凉舒爽的南亭随心散发，闲卧安适，又有微风送来荷香，竹露清净心情，这种身心的愉悦令人感同身受。同时悦耳清心的露水声自然让诗人想抚琴一曲，不料却由“鸣琴”之想牵惹起一层淡淡的怅惘：“恨无知音赏”，由境界的清幽绝俗而想到弹琴，由弹琴想到“知音”，而生出“恨”，令人心头一动。

怀着对故人的思念进入梦乡，居然梦见了亲爱的朋友。诗以有情的梦境结束，令人回味无穷。

此诗刻画细节细腻入微，诗味盎然。文字如行云流水，层递自然，由境及意而达于浑然一体，极富于韵味。

背景

南亭，似应在涧南园，位于孟浩然家乡襄阳郊外的岘山附近。辛大疑即辛谔，为作者同乡友人，常于夏日来南亭纳凉，与孟浩然约为琴酒之会。

名家点评

〔南宋〕刘辰翁：起处似陶，清景幽情，洒洒楮墨间。（《王孟诗评》）

〔明〕郝敬：写景自然，不损天真。(《批选唐诗》)

〔明〕周珽：此倒薤垂露书也。大小篆皆出其下，何况俗书！(《删补唐诗选脉笺释会通评林》)

〔清〕焦袁熹："荷风送香气，竹露滴清响"，韦诗多似此。(《此木轩论诗汇编》)

王昌龄

王昌龄（约698—756），字少伯，京兆万年（今陕西西安）人。开元进士，为校书郎。后举弘词科，授汜水县尉，迁江宁令，后贬龙标尉。安史之乱时回乡，过亳州，为刺史闾丘晓所杀。

王诗风格雄浑，格调高昂，尤长七绝，也有针砭时政及描写宫怨的作品。与高适、岑参等同为唐代边塞诗人代表。原有诗文集，已散佚，《全唐诗》收其诗四卷。

昨夜风开露井桃，未央前殿月轮高

春宫曲

唐 · 王昌龄

昨夜风开露井桃，未央前殿月轮高。
平阳歌舞新承宠，帘外春寒赐锦袍。

注释

春宫曲：也作《殿前曲》。

风开：风吹开（桃花）。

露井：指没有井亭覆盖的井。

未央：即未央宫，汉宫殿名，汉高祖刘邦所建，也指唐宫。

平阳歌舞：平阳公主家中的歌女。

简析

这是一首描写深宫女子忧思闺怨的抒情诗。

“昨夜风开露井桃，未央前殿月轮高”点明故事发生地点和时令。未央宫的前殿，月轮高照，银光铺洒。起笔两句看似只是淡淡地描绘了一幅春暖花开、明月高悬的春夜美景，其实寓情于景、触物起兴，暗喻歌女承宠有如桃花沾沐雨露之恩而开放，是比兴的写法。而上联中出现的月亮，对于一般人来说，本无远近、高低之分，而诗人在这里却偏说“未央前殿月轮高”，为什么呢？因为未央宫正是新人受宠的地方，是诗中女主人公身为一个失宠者心向往之而不得近的所在，所以她只觉得月是彼处高，尽管看似无理，但却蕴含着浓浓的伤情。

下联写新人的由来和她受宠的具体情状。新人（卫子夫）原为平阳公主的歌女，因妙丽善舞，被汉武帝看中，召入宫中，大得宠幸。“新承宠”一句就此而发。此时特意选取了一个典型的细节具体说明新人的受宠，开头便点明露井桃开，可知已是春暖时节，但宠意正浓的皇帝犹恐帘外春寒冻伤新宠，所以特赐锦袍，可见其过分的关心。通过这一细节描写，新人受宠之盛可见一斑。另外，由“新承宠”三字，读者自然会联想起那个刚刚失宠的旧人，此时此刻，她却正站在月光如水的幽宫檐下，遥望未央殿，耳听新人的歌舞嬉戏之声而黯然神伤，其孤寂、悲苦、愁惨、怨悱之情状虽未明写，却留给读者充分想象的空间，言已尽而味无穷。

诗文中的写作特点就是字面上咏的都是汉宫旧事，实际上是以汉喻唐，借古讽今。诗以“昨夜”总领全篇，上联切题，点明时令和地点；下联对新宠者进行直接描述，明写新人受宠的情状，暗抒旧人失宠之怨恨。这首诗虽然通篇都在写春宫之怨，却无一怨语怨字。作者着力于正反衬相结合，使其明暗清晰。全诗虚实结合，言近意远：看似无怨，怨至深；看似无恨，恨至长。这一弦外有音的手法，真可谓“令人测之无端，玩之不尽”，正体现了王昌龄七绝的特点。

背景

天宝（742—756）年间，唐玄宗宠纳杨玉环，“三千宠爱于一身”。其事与汉武帝宠幸卫子夫相仿。诗人有感而发，作此篇，以汉喻唐，借古讽今。

名家点评

〔清〕黄生：“昨夜”二字，直贯到底。着“昨夜”二字，便知出望幸者之口，语脉深婉，不露怨意。(《唐诗摘抄》)

〔清〕宋顾乐：只直写去，而叹羡怨妒，一齐俱见于此。(《唐人万首绝句选评》)

大漠风尘日色昏，红旗半卷出辕门

从军行

唐・王昌龄

大漠风尘日色昏，红旗半卷出辕门。
前军夜战洮河北，已报生擒吐谷浑。

注释

半卷：形容红旗微收的状态。

辕门：军营的大门。

吐谷浑：古代少数民族名称。

简析

这是一首描绘战场两军交锋的军旅诗。

“大漠风尘日色昏”，开篇的景物描写奠定全诗的气氛。“日色昏”接在“大漠风尘”后面，并不是指天色已晚，而是指风沙遮天蔽日造成已近日暮的感觉。但这又不光表现气候的恶劣，它作为一种背景出现，还自然对诗中的军事形势起着烘托、暗示的作用。在这种险恶的自然条件下，唐军不是辕门紧闭，被动防守，而是主动出击。为了减少风的强大阻力，加快行军速度，战士们半卷着红旗，向前抢进，卷尘挟风，如一柄利剑，直指敌营。这就把读者的心弦扣得紧紧的，让人感到一场恶战已箭在弦上。这支横行大漠的健儿，将要演出怎样一种惊心动魄的场面呢？在这种悬想之下，再读后两句：“前军夜战洮河北，已报生擒吐谷浑。”读者的悬想和所有情绪都是紧跟着刚才那支军队展开的，可是在沙场上大显身手的机会却并没有轮到他们。军队还在中途，捷报便已传来，前锋部队已在夜战中大获全胜，连敌军首领也被生擒。情节发展得既快又不免有点出人意料，但细思又合乎情理，因为前两句所写的那种大军出征时迅猛、凌厉的声势，已经充分暗示了唐军的士气和威力。前文为后文张本，这支强大剽悍的增援部队，既从侧面衬托出前锋的胜利并非偶然，又见出唐军兵力绰绰有余，胜券在握。

从描写手法上看，诗人所选取的对象是未和敌军直接交手的后续增援部队，而对战果辉煌的“前军夜战”只从侧面带出。避免了从正面对夜战进行铺叙的平板单调，并且扬长避短。它让读者从“大漠风尘日色昏”和“夜战洮河北”等恶劣条件下去想象前锋的仗打得多么艰苦、多么出色。从“已报生擒吐谷浑”去体味这次出征结果多么富有戏剧性。一场激战，不是写得腥风血雨沉重痛苦，而是剑走偏锋，以轻快跳脱之笔，通过侧面的烘托、点染，给读者留下充足的想象空间去体味、遐想。这一切要在短短的四句诗里表现出来，在构思和驱遣语言上的难度可想而知，诗人的功力可见一斑。

背景

本诗根据唐军在洮河北与吐谷浑部的一次夜战创作。

名家点评

〔明〕唐汝询：江宁《从军》诸首，大都戍卒旅情，独此有献凯意。亦乐府所不可少。(《唐诗解》)

〔明〕周珽：战捷凯歌之词。末即歼厥巨魁之意，谓大寇既擒，余不足论矣。横逸之气，壮烈之志，合并而出。(《唐诗选脉会通评林》)

〔清〕宋顾乐：《从军》诸作，皆盛唐高调，极爽朗，却无一直致语。(《唐人万首绝句选评》)

高 适

高适（700—765），字达夫、仲武，唐代渤海郡蓨（今河北景县）人，后定居宋州宋城（今属河南商丘），早年仕途失意，后客游河西，为哥舒翰书记。历任淮南、西川节度使，终散骑常侍。封渤海县侯。

高适的成就主要表现在边塞诗的创作上，与岑参、王昌龄、王之涣合称“边塞四诗人”，与岑参合称“高岑”，风格也大略相近。有《高常侍集》。

借问梅花何处落，风吹一夜满关山

塞上听吹笛

唐 · 高适

雪净胡天牧马还，月明羌笛戍楼间。
借问梅花何处落，风吹一夜满关山。

注释

塞上：指凉州一带边塞。

雪净：冰雪消融。

胡天：指西北边塞地区。

牧马还：牧马归来。

羌（qiāng）笛：羌族管乐器。

戍楼：报警的烽火楼。

梅花：《梅花落》曲的简称。此处一语双关，既指想象中的梅花，又指笛曲。

关山：指关隘山岭。

简析

这是边塞诗中难得的安详、恬静之作，描绘了优美的塞外春光图，不由得让人心生向往之情，更寄托了对边疆永葆和平的美好愿景。

“雪净胡天牧马还，月明羌笛戍楼间。”前两句写的是实景，在冰雪消融之时，正是胡人牧马的好时节，于是明月下的戍楼间回响着悠扬的放牧笛声。短短十四字将边塞没有战乱时的静谧与美好表现得十分生动，春天的边塞真是个令人向往的好地方。

“借问梅花何处落，风吹一夜满关山。”本句在梅花落三字中嵌入“何处”两字，既点明了乐曲名，又暗指故乡的梅花。仿佛片片落梅与笛曲一样，一夜之间随风洒满整个关山。这花落的虚景又恰与前两句雪净月明的实景多么相得益彰啊！本句突破地域与时间限制，由虚化实，最终达到虚实的大和谐之境。

并且这首诗更属于思乡之诗的“异类”，思乡之情虽浓，但更多是以豪情表现出来的，暗含了诗人渴望开拓边疆，将故乡之梅插遍关山的盛唐气魄。

背景

此诗作于天宝十三载（754），时作者在哥舒翰幕府任书记，通过写边塞闻笛的感受，抒发了思乡之情。

名家点评

〔明〕吴逸一：因“牧马还”而有此笛声，摹写得妙。(《唐诗正声》)

〔明〕唐汝询：落梅足起游客之思，故闻笛者每兴咏。(《唐诗解》)

〔清〕黄生：“间”读作“闲”始妙。因大雪胡马远去，故戍楼得闲，二语始唤应有情。同用落梅事，太白“黄鹤楼中吹玉笛，江城五月落梅花”是直说、硬说，此二句是婉说、巧说，彼老此趣。(《唐诗摘抄》)

王 维

王维（701—761），字摩诘，号摩诘居士，世称“王右丞”，河东蒲州（今山西永济）人，原籍祁县（今属山西）。唐代著名山水诗人和画家。

王维的诗以清新淡远、自然脱俗为主要风格，“诗中有画，画中有诗”，与孟浩然合称“王孟”。现存诗歌400余首。

风劲角弓鸣，将军猎渭城

观猎

唐 · 王维

风劲角弓鸣，将军猎渭城。
草枯鹰眼疾，雪尽马蹄轻。
忽过新丰市，还归细柳营。
回看射雕处，千里暮云平。

注释

角弓：用兽角装饰的硬弓。

渭城：秦时咸阳城。

疾：形容猎鹰目光敏锐，善于在瞬间发现猎物。

新丰市：古代盛产美酒的地方。

细柳营：是汉代名将周亚夫屯军之地，在今陕西咸阳西南渭河北岸。

暮云平：傍晚的云层已与大地相连。

简析

这是一首记录日常打猎活动的叙事诗。虽是一次日常游猎，但诗人却写得慷慨激昂，引人热血沸腾。诗开篇就是“风劲角弓鸣”，风呼，弦鸣，风声与角弓声彼此相应，奠定了全文的感情基调，渲染了紧张酣畅的气氛。劲风中射猎，该具备何等气势！通过设置悬念唤起读者对猎手的好奇。待声势俱足，才推出射猎主角来：“将军猎渭城。”恰合读者的期待。发端胜在突兀，先声夺人。

“草枯鹰眼疾，雪尽马蹄轻”极其细致地刻画出打猎的场面，纵鹰击捕，怒马追逐，进一步渲染了打猎的气氛，成为千古传诵的名句。因为“草枯”，所以猎鹰能飞速扫过大片场地，因为“雪尽”所以疾驰的骏马才显得格外轻捷，诗人用“疾”字刻画鹰眼锐利，以“轻”字形容马蹄迅捷，细腻传神。

“忽过新丰市，还归细柳营。回看射雕处，千里暮云平。”最后写景作结，引用“细柳营”的典故，既生动描写了猎骑情景，又真切表现了主人公的轻快感觉和喜悦心情。诗人狩猎尽兴，不觉已过千里，回看当时射雕的地方，已是“千里暮云平”，此景遥接篇首，首尾不但彼此呼应使文章结构完整，而且恰成对照：当初风起云涌，与出猎的紧张气氛相应。此时风平云定，与猎归后从容自如的心境相称。

背景

本诗为作者的一首早期作品，记写了盛唐将军出猎的豪情。

名家点评

〔南宋〕刘辰翁：气概（“风劲”句下）。极是画意。(《王孟诗评》)

〔元〕杨士弘：格高，语健，老手。(《批点唐音》)

〔明〕胡元瑞：首起句绮丽精工，与沈、宋合调。蒋仲舒曰：发端近古，武元衡“草枯马蹄轻，角弓劲如石”正用右丞语。(《唐诗广选》)

〔明〕叶羲昂：“草枯”二句，同是奇语，上句险，下句秀。结处淡而有味，可玩。(《唐诗直解》)

〔明〕李攀龙：发端近古。……枯而疾，尽而轻，甚妙，便是鸷鹰、骏马，矫健当前。结处淡而有味。(《唐诗训解》)

李　白

李白（701—762），字太白，号青莲居士。祖籍陇西成纪（今甘肃秦安东），生于碎叶城（今托克马克城）。幼时随父迁居四川青莲乡。25岁离蜀，漫游各地。天宝初年供奉翰林，受玄宗爱重。后因蔑视权贵，遭谗去职。安史之乱中，曾为永王李璘幕僚，璘败受牵连，流放夜郎，中途遇赦东还。晚年漂泊困苦，卒于当涂。

李白诗风豪放，想象丰富，被誉为“诗仙”。其诗作想象丰富奇特，极具浪漫色彩。内容多同情人民疾苦，蔑视权贵，也描绘山河，表达对祖国的热爱。有《李太白集》存世。

春风不相识，何事入罗帏

春思

唐·李白

燕草如碧丝，秦桑低绿枝。
当君怀归日，是妾断肠时。
春风不相识，何事入罗帏。

注释

燕草：指燕地的草。

秦桑：秦地的桑树。

君：指征夫。

怀归：想家。

罗帏：丝织的帘帐。

简析

这是首描写思妇心理的浪漫爱情诗篇，更是李白豪气风格之外的柔情之作，是较特殊的。

“燕草如碧丝，秦桑低绿枝。”本诗以燕草、秦桑展开，交代了思妇与丈夫分居燕秦两地，此两地的春景一为如丝绿草，二为绿枝发芽。同一时间不同春景的描写暗示其分隔的地域跨度之远，更暗含着思妇见绿枝思燕草，通过虚实结合感染出的两地相思情，把他们夫妻之间心心相印的真挚感情写得传神。

“当君怀归日，是妾断肠时。”一反正常情感而逆向思维，按理说丈夫归来之时，作为思妇的妻子应该是高兴开心之时，这里却是诡异的断肠时，十分不合常理。而正是这种看似不合理的安排，不由得让人快速望向结尾，才恍然大悟。

“春风不相识，何事入罗帏。”原来是调皮的春风没事将罗帐掀动，导致妻子在一次次以为丈夫归来次次失望后，才肝肠寸断的。思妇对于春风之怨，断肠之痛，可见对丈夫的思念之深。

这首诗通过看似违背常理、常情的描写，反而更深刻地表现了感情的张力与温度。即便是普普通通的爱情诗，李白也能写得如此动人且富有浪漫色彩。

背景

《春思》是唐代诗人李白所创作的新题乐府诗。此诗写一位出征军人的妻子在明媚的春日里对丈夫梦绕魂牵的思念，以及对战争早日胜利的盼望，表现思妇的思边之苦及其对爱情的坚贞。

名家点评

〔南宋〕刘辰翁：平易近情，自有天趣。(《唐诗品汇》)

〔元〕萧士赟：燕北地寒生草迟。当秦地柔桑低绿之时，燕草方生，兴其夫方萌怀归之志，犹燕草之方生。妾则思君之久，犹秦桑之已低绿枝也。(《分类补注李太白诗》)

〔明〕钟惺：若嗔若喜，俱着“春风”上，妙，妙（末二句下)！比“小开骂春风”觉老成些，然各有至处。(《唐诗归》)

脱巾挂石壁，露顶洒松风

夏日山中

唐·李白

懒摇白羽扇，裸袒青林中。
脱巾挂石壁，露顶洒松风。

注释

裸袒：指诗人在树林里宽衣解带、袒露身体的形态。

青林：指山中树木苍翠。

脱巾：摘下帽子或头巾。

露顶：露出头顶。

松风：松树间吹过的凉风。

简析

这是一首描述诗人日常闲适生活的诗。全诗借动作描写表现了诗人的洒脱自在。

“懒摇白羽扇，裸袒青林中。”因为是“夏日”，所以有“白羽扇”；但因为是山中，所以有扇而“懒摇”。因为山林中过往的行人稀少幽静凉爽，诗人敢于脱去头巾裸袒身体，句中通过“懒”“裸”，突出表现了诗人悠然自得、不拘礼法的性格，描绘了一幅生动的夏日消暑图。

“脱巾挂石壁，露顶洒松风。”诗人解下头巾，随意挂在山中的石壁上，何其凉爽宜人。袒胸露顶，袒栖林下，大有解除尘累，返归自然的悠然情趣。通过“脱”“挂”“露”，表达诗人无拘无束，向往自然随性洒脱的心性。“露顶洒松风”，任凭山风穿过松林从头上吹过，表现出一种豁达、豪放不羁的感觉。

全诗表现了作者在山林中无拘无束、旷达潇洒，不为礼法所拘的形象，有魏晋风骨。诗人忘情沉醉于“夏日山中”，悠然自乐，潇洒逍遥，特别是对个人情感的放纵与宣泄，可以说在本诗达到了极点。全诗通过对诗人自身状态的描写，来突出夏天的炎热。同时借夏天炎热的外在环境，表达诗人无拘无束的状态，别有一番闲趣。

长风几万里，吹度玉门关

关山月

唐·李白

明月出天山，苍茫云海间。
长风几万里，吹度玉门关。
汉下白登道，胡窥青海湾。
由来征战地，不见有人还。
戍客望边邑，思归多苦颜。
高楼当此夜，叹息未应闲。

注释

关山月：乐府旧题，多抒离别哀伤之情。

天山：即祁连山。

玉门关：故址在今甘肃敦煌西北，古代通向西域的交通要道。

下：指出兵。

胡：此指吐蕃。

窥：有所企图，窥伺，侵扰。

由来：自始以来，历来。

戍客：征人也，指驻守边疆的战士。

高楼：古诗中多以高楼指闺阁，这里指戍边兵士的妻子。

简析

这首诗描绘了边塞的风光，戍卒的遭遇，进而推进转入戍卒与思妇两地相思的痛苦。开头的景物描写都是为后面作渲染和铺垫，而侧重写望月引起的情思。

“明月出天山，苍茫云海间。长风几万里，吹度玉门关。”寥寥数笔描绘了一幅包含月、山、风、关等的边塞胜景。士卒们身在西北边疆，月光下伫立遥望故园时，但觉长风浩浩，似掠过几万里中原国土，横度玉门关而来。其中蕴含的思乡之情不言而喻。

“汉下白登道，胡窥青海湾。由来征战地，不见有人还。”这四句在结构上起着承上启下的作用，描写的对象由边塞过渡到战争，由战争过渡到征戍者。

“戍客望边邑，思归多苦颜。高楼当此夜，叹息未应闲。”战士们望着这荒凉的边关，想象着高楼中妻子的情思和他们的叹息，在那样一个广阔背景的衬托下，这一声叹息就显得格外深沉了。

诗人放眼于古来边塞上的漫无休止的民族冲突，揭示了战争所造成的巨大牺牲和给无数征人及其家属所带来的痛苦，但并没有单纯地谴责或歌颂，诗人像是沉思着一代代人为它所支付的沉重代价。在这样的矛盾面前，诗人、征人，乃至读者，很容易产生更深入的思考，深化了主题。

背景

李白看见征战的场景，因此感叹唐朝虽国力强盛，但边尘却未曾肃清过。此诗就是在叹息征战之士的苦辛和后方思妇的愁苦时所作。

名家点评

〔南宋〕吕本中：李太白诗如“明月出天山，苍茫云海间。长风几万里，吹度玉门关”，及“沙墩至梁苑，二十五长亭。

大舶夹双橹，中流鹅鹳鸣”之类，皆气盖一世。学者能熟味之，自然不褊浅矣。(《童蒙诗训》)

〔明〕胡应麟：青莲“明月出天山，苍茫云海间。长风几万里，吹度玉门关”，浑雄之中，多少闲雅！(《诗薮》)

〔明〕唐汝询：绝无乐府气。(《汇编唐诗十集》)

〔清〕宋宗元：飘举欲仙（首四句下）。(《网师园唐诗笺》)

长风破浪会有时，直挂云帆济沧海

行路难（其一）

唐·李白

金樽清酒斗十千，玉盘珍羞直万钱。
停杯投箸不能食，拔剑四顾心茫然。
欲渡黄河冰塞川，将登太行雪满山。
闲来垂钓碧溪上，忽复乘舟梦日边。
行路难！行路难！多歧路，今安在？
长风破浪会有时，直挂云帆济沧海！

注释

金樽（zūn）：古代盛酒的器具，以金为饰。

清酒：清醇的美酒。

斗十千：一斗值十千钱（即万钱），形容酒美价高。

玉盘：精美的食具。

珍羞：珍贵的菜肴。羞：同“馐”，美味的食物。

直：通“值”，价值。
箸（zhù）：筷子。
不能食：咽不下。
茫然：无所适从。
太行：太行山。

简析

这是一篇跳荡纵横，气势如虹的抒情诗。它在短短的篇幅之间百步九折地揭示了诗人感情的激荡起伏、复杂变化。

诗的一开头呈现出“金樽美酒”与“玉盘珍羞”，理应宾主尽欢的宴会，诗人却“停杯投箸”，“拔剑四顾”，停、投、拔、顾四个连续的动作，形象地显示了内心的苦闷抑郁和感情的激荡变化。接着两句紧承“心茫然”正面写“行路难”。诗人用比兴的手法将“冰塞川”“雪满山”象征人生道路上的艰难险阻。一个怀有伟大政治抱负的人物，在受诏入京、有幸接近皇帝的时候，皇帝却不能任用，被“赐金还山”，变相撵出了长安，这正像是“欲渡黄河冰塞川，将登太行雪满山”。但是，李白何其洒脱不羁的性格，从“拔剑四顾”开始，就表现着不甘消沉，继续追求的豪情。“闲来垂钓碧溪上，忽复乘舟梦日边。”诗人在心境茫然之时，忽然想到两位开始在政治上并不顺利，而最后终于大有作为的人物：一位是吕尚，九十岁在磻溪钓鱼，得遇文王；一位是伊尹，在受商汤聘前曾梦见自己乘舟绕日月而过。思至此处又给诗人增加了无尽的信心。

“行路难！行路难！多歧路，今安在？”吕尚、伊尹的遇合，固然增加了对未来的信心，但当他的思路从想象中回到眼前现实中来的时候，又再一次感到人生道路的艰难。瞻望前程，只觉前路崎岖，歧途甚多，不知道他究竟要去哪里。这是感情在尖锐复杂的矛盾中再一次回旋，是全文中第二次思想的高潮。但是倔强而又自信的李白，决不愿在离筵上表现自己的气馁。他那种积极用世的强烈要求，终于使他再次摆脱了歧路彷徨的苦闷，唱出了充满信心与展望的强音：“长风破浪会有时，直挂云帆济沧海！”他相信尽管前路障碍重重，但仍将会有一天像南朝宋时宗悫所说的那样，乘长风破万里浪，挂上云帆，横渡沧海，到达理想的彼岸。全诗表现了诗人心理上的失望与希望、抑郁与追求，急遽变化交替。

背景

公元742年（天宝元年），李白奉诏入京，担任翰林供奉。李白本是个积极入世的人，他才高志大，很想像管仲、张良、诸葛亮等杰出人物一样干一番大事业，可是入京后，却没被唐玄宗重用，还受到权臣的谗毁排挤，两年后被“赐金放还”，被变相撵出了长安。李白被逼出京，朋友们都来为他饯行，求仕无望的他深感仕路的艰难，满怀愤慨写下此篇。

名家点评

〔南宋〕刘辰翁：结得不至鼠尾，甚善，甚善。(《唐诗品汇》)

〔明〕胡震亨：《行路难》，叹世路艰难及贫贱离索之感。古辞亡，后鲍照拟作为多。白诗似全效照。(《李杜诗通》)

〔清〕应时：太白纵作失意之声，亦必气概轩昂，若杜子则不然。(《李诗纬》)

〔近代〕近藤元粹：句格长短错综，如缚龙蛇。(《李太白诗醇》)

韩 翃

韩翃，生卒年不详，字君平，南阳（今属河南）人。唐天宝进士，官至中书舍人。“大历十才子”之一。诗多为酬赠之作。有《韩君平诗集》。

春城无处不飞花，寒食东风御柳斜

寒食

唐·韩翃

春城无处不飞花，寒食东风御柳斜。
日暮汉宫传蜡烛，轻烟散入五侯家。

注释

寒食：寒食节，每年冬至以后的一百〇五天，大概是清明节的前两天为寒食节。据《左传》所载，晋文公火烧森林求介子推出山做官，没想到他却宁愿抱着大树活活被烧死，晋国人为了悼念他的忠义，每年的这一天禁火，只吃冷食，所以称寒食。

御柳：御苑或御河岸上的柳树。

传蜡烛：虽然寒食节禁火，但公侯之家受赐可以点蜡烛。

五侯：史书记载后汉桓帝在一天之中封了五个得宠的宦官为侯，世称五侯，此处暗指唐代的宦官近臣。

简析

这是一首批判宦者得宠的讽刺诗，寒食节本应禁火，然而受宠的宦者却享有特权：得到皇帝的特赐火烛。“春城无处不飞花，寒食东风御柳斜”以平淡的语言描绘了京城春景，“无处不飞花”用“无处”和“不”双重否定加强语气，强烈地表现了飞花席卷皇城内外的壮观之景，给人以强烈的视觉冲击。“御柳斜”，轻拂的柳枝为什么“斜”呢？正是从侧面表现了无痕无迹的“东风”，本应该是阳春三月轻松惬意的气氛，诗人却笔锋一转欲抑先扬，为下文埋下伏笔。“日暮汉宫传蜡烛，轻烟散入五侯家”写夜幕来临时，宫里宫外来来往往传蜡烛，袅袅青烟传入五侯府内的样子，皇帝御赐火烛本是劝诫臣子向有功不受禄的介子推学习，而如今却赐给了五个权势很大、败坏朝政、排斥朝官的宦官。不直接讽刺，而只描摹特权阶层的“日常生活”，含隐巧妙，入木三分。

背景

中唐以后，宦官受到重用，专擅朝政，国家政治日益腐败。作者对此深感忧愤，借汉代典故嘲讽时弊。但因诗作写得诗情画意，也可理解为对皇帝恩泽的称颂，因此，受到唐德宗的称赏。

名家点评

〔清〕吴乔：唐之亡国，由于宦官握兵，实代宗授之以柄。此诗在德宗建中初，只“五侯”二字见意，唐诗之通于《春

秋》者也。(《围炉诗话》)

〔清〕沈德潜:“五侯”或指王氏五侯,或指宦官灭梁冀之五侯,总之先及贵近家也。(《唐诗别裁》)

〔清〕宋宗元:不用禁火而用赐火,烘托入妙(末二句下)。(《网师园唐诗笺》)

〔清〕乔亿:气象词调,居然江宁、嘉州。(《大历诗略》)

王　湾

王湾，生卒年不详，洛阳（今河南洛阳）人，唐玄宗先天年间进士，参与编撰《群书四部录》，书成后调任洛阳尉。曾往来吴、楚间，多有著述，开元中卒。

王湾早有文名，为天下称。“海日生残夜，江春入旧年。”受张说激赏，曾将其亲题于政事堂，以为文士楷模。《全唐诗》存其诗十首。

潮平两岸阔，风正一帆悬

次北固山下

唐 · 王湾

客路青山外，行舟绿水前。
潮平两岸阔，风正一帆悬。
海日生残夜，江春入旧年。
乡书何处达？归雁洛阳边。

注释

次：旅途中临时停宿。

北固山：地名，在今江苏镇江东北。
客路：旅途。
青山：指北固山。
风正：顺风。
悬：挂。
海日：海上初生的旭日。
残夜：夜将尽之时。
江春：江南的春天。
乡书：家信。
归雁：北归的大雁。

简析

这是一首寓情于景、景中含理的写景五言律诗。

“客路青山外，行舟绿水前。”起句对偶工丽，跳脱地交代了地点。“潮平两岸阔，风正一帆悬”大开大合，春潮涌涨，江水浩渺，放眼望去，江面似乎与岸平了，船上人的视野也因之开阔。春来雪融，江水漫涨，崖岸宽阔，和风劲吹，船帆鼓起，何其壮也！颈联千古名句“海日生残夜，江春入旧年”，“生”与“入”化静为动，“残”字又写出了不可抗之消失。夜是被动的，却又是无可奈何的，它生了太阳，却又因太阳而消退！而“入”字更是生动，裹挟着一股初生势不可当的锐气，这两句不仅对仗工稳且隐含哲理。“生”“入”不仅为这联增添了动感，还使看似两对毫无关系的词有了联系，使诗有了灵气。

诗中诗人借景抒情，细致地描绘了长江下游开阔秀丽的早春景色，表达了诗人对祖国山河的热爱，也表达了诗人思念故乡和亲人的思想感情。

背景

王湾作为开元初年的北方诗人，往来于吴楚间，为江南清丽山水所倾倒，并受到当时吴中诗人清秀诗风的影响，写下了一些歌咏江南山水的作品，《次北固山下》就是其中最为著名的一篇。

名家点评

〔唐〕殷璠："海日生残夜，江春入旧年"，诗人以来，少有此句。张燕公（张说）手题政事堂，每示能文，令为楷式。(《河岳英灵集》)

〔明〕皇甫汸：王湾《北固》之作，燕公揭以表署，才闻两语，已叹服于群众……美岂在多哉！中联真奇秀而不朽。(《唐诗直解》)

〔清〕冯班：腹联绝唱，北固山绝唱。(《瀛奎律髓汇评》)

〔清〕范大士："海日"二语，烹炼之至。(《历代诗发》)

刘长卿

刘长卿（约709—785），字文房，河间（今属河北）人。天宝进士，曾任监察御史、长洲县尉，官至随州刺史，世称刘随州。

刘诗以五言诗见长，自称“五言长城”。诗作内容多写政治失意之感，也有反映离乱之作，善于描摹自然景物，风格简约恬淡。有《刘随州诗集》。

柴门闻犬吠，风雪夜归人

逢雪宿芙蓉山主人

唐 · 刘长卿

日暮苍山远，天寒白屋贫。
柴门闻犬吠，风雪夜归人。

注释

逢：遇上。

宿：投宿，借宿。

日暮：傍晚的时候。

苍山：青山。

白屋：未加修饰的简陋茅草房，代指贫苦人家。

犬吠：狗叫。

夜归人：夜间回来的人。

简析

这首诗描绘的是一幅风雪夜归图。“日暮苍山远”写诗人投宿山村时的所见所感。首句中“日暮”点明时间是傍晚。“苍山远”是诗人风雪途中所见。青山遥远迷蒙，暗示诗人历经艰辛跋涉，急于投宿的心情。下句“天寒白屋贫”点明投宿的地点：主人家简陋的茅舍，在寒冬中更显得贫穷。“寒”“白”“贫”三字互相映衬，渲染贫寒、清白的气氛，也反映了诗人独特的感受。

“柴门闻犬吠，风雪夜归人”写诗人投宿主人家以后看到的情景。诗人进入茅屋已安顿就寝，忽从卧榻上听到吠声不止。诗人猜想大概是芙蓉山主人顶风冒雪归来了吧。这两句从听觉落墨，给读者留下了想象的空间。

全诗用极其凝练的诗笔，描画了一幅以旅客暮夜投宿、山家风雪人归为素材的寒山夜宿图。表达了诗人由于在人生道路上长期奔波，当这一次于风雪之夜得到芙蓉山主人的接待，其内心的复杂思绪：悲凉、辛酸之中夹杂着某种庆幸和温暖的慰藉，是可以想见的。

背景

唐大历十年（775）左右，刘长卿受人诬陷获罪贬官为睦州司马。本诗即作者遭贬后所作。

名家点评

〔明〕顾璘：此所谓真语真情者，清语古调。(《批点唐音》)

〔明〕吴逸一：极肖山庄清景，却不寂寞。(《唐诗正声》)

〔明〕周敬：语清调古，含无限凄楚。(《唐诗选脉会通评林》)

〔清〕乔亿：宜入宋人团扇小景。(《大历诗略》)

〔清〕黄叔灿：上二句孤寂况味，犬吠人归，若惊若喜，景色入妙。(《唐诗笺注》)

泠泠七丝上，静听松风寒

听弹琴

唐·刘长卿

泠泠七丝上，静听松风寒。
古调虽自爱，今人多不弹。

注释

泠（líng）泠：此处指清越的琴声。

松风：以风入松林暗示琴声凄凉。琴曲中《风入松》的调名。

自爱：自己喜欢。

简析

这首诗只有短短四句，“泠泠七丝上，静听松风寒”直接描绘了诗人静坐于松林之中倾听泠泠琴音的情景，用诗人的

“静”反衬出琴音的美妙。高雅平和的琴声，常能唤起听者水流石上、风来松下的幽清肃穆之感，又写明了诗人内心的音乐境界。而琴曲中又有《风入松》的调名，一语双关，用意巧妙。

“古调虽自爱，今人多不弹”议论性抒情，这端庄肃穆的琴音虽深得诗人之心，但是毕竟成了“古调”，终究沦入“今人多不弹”的境地。通过慨叹世人不爱高雅的古调，喻指世人只知趋时随俗，寄托了诗人恨无知音的心情。

全诗体现了诗人不趋时尚的清高品格，表达了诗人感伤世无知音，孤芳自赏的情怀。全诗语意简洁直白，含义深蕴，引人深思。

背景

刘长卿刚中进士不久，还没来得及释褐便逢上安史之乱，于是逃至江苏一带，在唐肃宗至德年间（756—758）做了短暂的长洲尉和海盐令。这首诗大约作于这个时期。

名家点评

〔清〕吴瑞荣：如置身高山流水之间。(《唐诗笺要续编》)

〔近代〕俞陛云：中郎焦尾之材，伯牙高山之调，悠悠今古，赏音能有几人！况复茂材异等，沉沦于升斗微官；绝学高文，磨灭于蠹蟫断简！岂独七弦古调，弹着无人？文房特借弹琴，以一吐其抑塞之怀耳。(《诗境浅说续编》)

杜 甫

杜甫（712—770），字子美，号少陵野老。原籍京兆杜陵（今西安市），生于巩县（今河南巩义）。早年曾游历吴越、齐赵等地，其间举进士不第。后寓居长安十年。安史之乱后，杜甫投奔唐肃宗，官左拾遗。后因得罪权贵，被贬为华州司功参军，后弃官西行入蜀，定居成都浣花草堂，晚年举家出蜀，漂泊于鄂湘，卒于贫病。

杜甫与李白齐名，世称“李杜”。其诗歌以古体、律诗见长，风格多变，诗作展现了唐代由盛转衰的历史过程，被称为“诗史”。有《杜工部集》存世。

风急天高猿啸哀，渚清沙白鸟飞回

登高

唐·杜甫

风急天高猿啸哀，渚清沙白鸟飞回。
无边落木萧萧下，不尽长江滚滚来。
万里悲秋常作客，百年多病独登台。
艰难苦恨繁霜鬓，潦倒新停浊酒杯。

注释

啸哀：指猿猴凄厉的叫声。

渚（zhǔ）：水中的小块陆地。

鸟飞回：鸟在急风中飞舞盘旋。回：回旋。

落木：秋天飘落的树叶。

萧萧：拟声词，模拟草木飘落的声音。

万里：形容远离故乡。

常作客：指诗人长期漂泊他乡。

艰难：兼指国运和自身命运。

潦倒：衰颓，失意。这里指衰老多病，志不得伸。

新停：刚刚停止。

简析

这是一篇寓情于景、情景交融的抒情诗。

“风急天高猿啸哀，渚清沙白鸟飞回。无边落木萧萧下，不尽长江滚滚来。”前两联描写了风、天、猿、渚、沙、鸟、落木、长江等景物，上下自然成对，不仅读来极富节奏感，更是字字珠玑，每一字都凝练精美，不仅描写了夔州秋日美景，更在写景的同时，深沉地抒发了自己的情怀。“无边”“不尽”，使“萧萧”“滚滚”更加形象化，不仅使人如身临其境，也无形中传达出韶光易逝，壮志难酬的感怆。透过沉郁悲凉的对句，显示出神入化之笔力，确有“建瓴走坂”“百川东注”的磅礴气势。

前两联极力写景，直到颈联才点出一个“秋”字。“常作客”“独登台”，指出了诗人漂泊无定的生涯。“百年”本喻有限的人生，此处专指暮年。“悲秋”两字写得沉痛。诗人目睹苍凉恢廓的秋景，不由想到自己沦落他乡、年老多病的处境，故生出无限悲愁之绪。诗人的羁旅愁与孤独感，就像落叶和江水一样，推不尽，赶不绝，情与景交融相洽。诗到此已给作客思乡的一般含义添上久客孤独的内容，增入悲秋苦病的情思，加进离乡万里、人在暮年的感叹，诗意就更见深沉了。

“艰难苦恨繁霜鬓，潦倒新停浊酒杯”作结，诗人备尝艰难潦倒之苦，国难家愁，使自己白发日多，再加上因病断酒，悲愁就更无处排遣。本来兴趣盎然地登高望远，却平白无故地惹恨添悲，诗人的矛盾心情是非常容易理解的。

诗前半写景，后半抒情，在写法上各有错综之妙。首联着重刻画眼前具体景物，次联着重渲染整个秋天气氛，三联表现感情，从纵（时间）、横（空间）两方面着笔，由异乡漂泊写到多病残生，四联又从白发日多，护病断饮，归结到时世艰难是潦倒不堪的根源。这样，杜甫忧国伤时的情操，便跃然纸上。不仅写景是一绝，其中蕴含诗人长年漂泊、老病孤愁的复杂感情更是慷慨激越、动人心弦。

背景

此诗作于唐代宗大历二年（767）秋天，杜甫时在夔州。杜甫依托的严武病逝，杜甫失去依靠，在军阀混战的背景下只好离开经营了五六年的成都草堂，买舟南下。一天他独自登上夔州白帝城外的高台，登高临眺，百感交集。于是，就有了这首被誉为“七律之冠”的《登高》。

名家点评

〔南宋〕杨万里：“词源倒流三峡水，笔阵独扫千人军。”“无边落木萧萧下，不尽长江滚滚来。”前一联蜂腰，后一联鹤膝。(《诚斋诗话》)

〔南宋〕刘克庄：此两联（指“无边落木”四句）不用故事，自然高妙，在樊川《齐山九日》七言之上。(《后村诗话》)

〔南宋〕罗大经：杜陵诗云：“万里悲秋常作客，百年多病独登台。”万里，地之远也；悲秋，时之惨凄也；作客，羁旅也；常作客，久旅也；百年，暮齿也；多病，衰疾也；台，高迥处也；独登台，无亲朋也。十四字之间含有八意，而对偶又极精确。(《鹤林玉露》)

体弱春风早，丛长夜露多

蒹葭

唐·杜甫

摧折不自守，秋风吹若何。
暂时花戴雪，几处叶沉波。
体弱春风早，丛长夜露多。
江湖后摇落，亦恐岁蹉跎。

注释

蒹葭：芦苇，比喻微贱。

摧折：摧残折断。

自守：保卫自己，坚守自我。

若何：怎么办。

花戴雪：暗指花开。芦苇花为灰白之色，花开如同顶着白雪。

江湖：此处引申为退隐。

蹉跎：失意，虚度光阴。

简析

这是一首借物喻人的叙事诗。

“摧折不自守，秋风吹若何。”蒹葭面对摧残不能够保全自我，只能无可奈何地被瑟瑟秋风吹着，描绘了蒹葭在秋风中枝干折断、叶枯花败的衰败景象。“暂时花戴雪，几处叶沉波。”在极短的时间里盛开花朵，很快连叶子都会沉入水中。“体弱春风早，丛长夜露多。江湖后摇落，亦恐岁蹉跎。”联想到蒹葭在春天的柔弱、夏天的夜露、秋后在江面湖面上枯萎衰落的景象，不禁令人感叹岁月无情流逝，突出了蒹葭生命的脆弱和衰败景象，寓情于景，情景交融。也托物言志抒发了诗人自己空有一番报国之心，却不得不悲叹生命已经老朽，无奈悲凉孤苦之情油然而生，令人动容。

岑 参

岑参（约715—770），江陵（今湖北荆州）人，祖籍南阳（今河南南阳）。天宝进士，曾随安西节度使高仙芝到过安西，后来往于北庭、轮台间。官至嘉州刺史，后世称岑嘉州。卒于成都。

岑参是唐代边塞诗人中成就最高者。其边塞诗擅长描写西北塞上风光和战争景象，想象丰富新奇，气势豪放雄健，情辞慷慨激越。岑诗中，以七言歌行和七绝成就最高。有《岑嘉州诗集》传世。

北风卷地白草折，胡天八月即飞雪

白雪歌送武判官归京

唐·岑参

北风卷地白草折，胡天八月即飞雪。
忽如一夜春风来，千树万树梨花开。
散入珠帘湿罗幕，狐裘不暖锦衾薄。
将军角弓不得控，都护铁衣冷难着。
瀚海阑干百丈冰，愁云惨淡万里凝。
中军置酒饮归客，胡琴琵琶与羌笛。

纷纷暮雪下辕门，风掣红旗冻不翻。
轮台东门送君去，去时雪满天山路。
山回路转不见君，雪上空留马行处。

注释

白草：西北的一种牧草，晒干后变白。
胡天：指塞北的天空。
梨花：比喻雪花积在树枝上，像梨花开了一样。
狐裘：狐皮袍子。
锦衾：锦缎做的被子。
控：拉开。
瀚海：沙漠。
阑干：纵横交错状。
惨淡：昏暗无光。
山回路转：山势回环，道路盘旋曲折。

简析

本诗为雪景的边塞诗代表作，描绘了当时西北边塞的壮丽景色与边塞军营送别归京使臣的真挚场面，表现了战友情、卫国情与奋斗情。

全诗分为三个部分，一是描写边塞雪景之冷，二为表现归客战友之情深，三为表现饯别之时的惜别与惆怅。

描写雪景时，先交代北地独特的气候变化，八月就开始纷扬落雪，一夜醒来满树积雪，但这看似美丽的雪景带给将士的却不是太美好的感受。雪花散入珠帘将罗幕打湿，带给士兵行的不便；雪地温度低得连狐裘也穿不暖，锦被还嫌单薄，带给士兵住的难受。在这种情况下，却依然不放松边疆警戒，所以才有了将军巡逻后手冻得拉不开弓，都护的铁甲冰冷得让人难以穿着的直观感受。上行下效，边疆领导者都带头与雪地拼搏，也就可想底下的士兵个个争先卫国了。

“瀚海阑干百丈冰，愁云惨淡万里凝。中军置酒饮归客，胡琴琵琶与羌笛。”沙漠结冰百丈，裂纹纵横；天空万里愁云惨淡飘荡，底下的人们却合奏胡琴琵琶羌笛来为归客饯行，以悲景衬快乐的气氛。无疑是诗人认为战友情可以融化那冰冷的酷雪。

“纷纷暮雪下辕门，风掣红旗冻不翻。轮台东门送君去，去时雪满天山路。山回路转不见君，雪上空留马行处。”即使是处于傍晚辕门前落雪不停，红旗冻僵寒风都无法吹动的情况下，好友也必须如约出发，诗人目送其行路，直到好友踪迹掩于迂回曲折的山路之间，空望着雪上马蹄印迹。这一行一送之间，用平淡质朴的语言表现了战友间的真挚感情，包含着对友人惜别之情与边塞将士的豪迈气概。

背景

西北战事频繁，岑参两度出塞，在轮台送其前任即武判官归京都长安时写下了此诗。

名家点评

〔清〕方东树：奇峭。起飒爽，“忽如”六句，奇才奇气奇情逸发，令人心神一快。须日诵一过，心摹而力追之。“瀚海”句换气，起下“归客”。(《昭昧詹言》)

〔清〕范大士：酒笔酣歌，才锋驰突。“雪”字四见，一一精神。(《历代诗发》)

〔清〕张文荪：嘉州七古，纵横跌宕，大气盘旋，读之使人自生感慨。有志学古者，自宜留心此种。看他如此杂健，其中起伏转折一丝不乱，可谓刚健含婀娜。后人竞学盛唐，能有此否？(《唐贤清雅集》)

顾　况

顾况（约727—816），晚字逋翁，苏州海盐（今属浙江）人。至德进士，曾官著作郎。因嘲讽当朝权贵，被劾贬饶州司户参军，后隐居茅山，自号华阳山人。

顾况的诗诙谐狂放，不以华丽的文辞取胜，而更看重内容，诗作常反映当时社会矛盾。原有诗文集，已散佚，明人辑有《华阳集》。

玉楼天半起笙歌，风送宫嫔笑语和

宫词

唐·顾况

玉楼天半起笙歌，风送宫嫔笑语和。
月殿影开闻夜漏，水精帘卷近秋河。

注释

玉楼：华丽的高楼，指宫嫔的居所。

天半：形容楼高。

宫嫔：指嫔妃。

和：伴随。

漏：古代滴水计时的工具。

水精帘：水晶帘。

秋河：秋天星夜的银河。

简析

这是一首借深宫宫怨暗讽朝廷昏庸腐败的叙事议论诗。

“玉楼天半起笙歌，风送宫嫔笑语和。”前两句描写受宠者的欢乐情景，百丈玉楼，笙歌四起，月光如水，和风习习，一阵阵欢声笑语随风四散。诗中用“天半”来形容楼高，还隐含了女主人公无缘得见圣颜内心的怨艾。

“月殿影开闻夜漏，水精帘卷近秋河。”后两句通过描写失宠者的动作等细节表现了室内悄无声息，失宠的宫妃们唯有与冷寂的滴漏声和帘外的秋日星河相依为伴的辛酸生活。“近秋河”意谓女主人公将水晶帘卷上以后，由于去掉了遮掩之物，原先隔帘相望的天河变得更加清晰明亮，暗指女主人公原先只是仰望玉楼，但由于心中失望、空虚和无奈，故而将视线从玉楼转移到秋河这一自然的动作。

全诗采用对比与反衬手法。玉楼中的笙歌笑语越发反衬出被冷落者的孤苦伶仃和幽怨哀婉之情，即使不明言怨情，而怨情早已显露。这首宫怨诗的优点在于含蓄蕴藉，引而不发，通过欢乐与冷寂、热闹与冷清的对比，从侧面展示了失宠宫女的痛苦心理。诗中以他人得宠的欢乐反衬女主人公失宠的凄寂，又以小代大，也用隐喻的手法从中道出了盛唐时期统治阶级的腐败以及堕落。

背景

唐宝历二年（826）顾况任秘书省校书郎。诗人有感于当时统治阶级的生活腐化堕落，于是写下这首诗。

名家点评

〔明〕吴山民：前二句可欣可羡，后两句但写景而情具妙备。(《删补唐诗选脉笺释会通评林》)

〔清〕吴瑞英：宫词多作怨望，此独不然，当是逋翁特地出脱处。(《唐诗笺要》)

〔清〕乔亿：此亦追忆华清旧事。(《大历诗略》)

卢 纶

卢纶（748—799），字允言，河中蒲州（今山西永济）人，宦途不顺，多有波折，官至检校户部郎中。

卢纶以诗歌成就位居“大历十才子”之首，诗多送别赠答之作，其边塞诗雄浑慷慨，广为传诵，并有现实题材诗作。有《卢户部诗集》，《全唐诗》存其诗五卷。

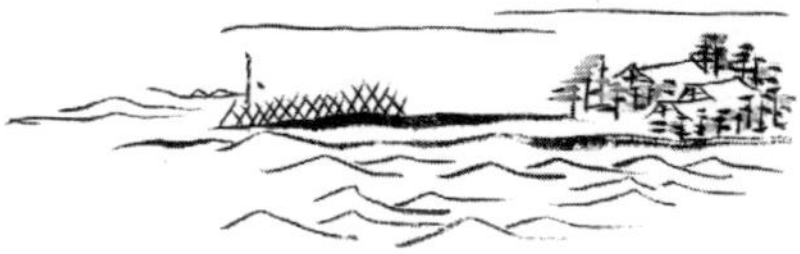

掩泪空相向，风尘何处期

送李端

唐・卢纶

故关衰草遍，离别自堪悲。
路出寒云外，人归暮雪时。
少孤为客早，多难识君迟。
掩泪空相向，风尘何处期。

注释

李端：字正己，赵州（今河北赵县）人，大历十才子之一。

故关：故乡。

衰草：冬天枯黄的草。

寒云外：意为李端欲去的道路遥远漫长。

少孤：少年丧父。

风尘：指社会动乱。

期：相会。

简析

这是一首感人至深的送别诗。“故关衰草遍，离别自堪悲”，以一个“悲”字奠定了全诗的感情基调。“故关衰草遍”点明了送别的时令当在严冬。郊外遍地干枯的野草，正迎着寒风抖动，四野苍茫一片凄凉的景象。在这样的环境中送别故人，自然大大平添了离愁别绪。“离别自堪悲”为此诗定下了深沉感伤的基调，起了提挈全篇的作用。

诗的第二联写送别的情景，“路出寒云外”，故人沿着这条路渐渐离去，由于天色昏暗，依稀望去，这路好像伸出寒云之外一般无穷无尽。这里融入了诗人对友人浓重的惜别之情。“寒云”二字，下笔沉重，给人以无限阴冷和重压的感觉，对主客别离时的悲凉心境起了有力的烘托作用。友人终于看不见了，留在这旷野里的只剩诗人自己，孤寂之感不言而喻。偏偏这时，天又下起雪来了，郊原茫茫，暮雪霏霏，诗人再也不能久留，只得回转身来，挪动着沉重的步子，默默地踏上风雪归途。这一句紧承上句而来，处处与上句照应，发展自然，色调和谐，与上句一起构成一幅完整的严冬送别图，表达了送别友人后诗人内心的惆怅压抑。

第三联诗人送走了故人后思绪万千,百感交集，不禁产生抚今追昔的情怀。“少孤为客早，多难识君迟”是诗人对过去的回想。人生少孤已属极大不幸，何况又因动乱，自己远役他乡，饱经漂泊困厄而绝少知音呢。这两句不仅感伤个人的身世飘零，而且从侧面反映出时代动乱对百姓的荼毒和人们在动乱中漂流不定的生活，感情沉郁，诗人把送别之意，落实到“识君迟”上，将惜别和感世、伤怀融合在一起，形成了全诗思想感情发展的高潮。在写法上，这一联上下两句，反复咏叹，词切情真，前急后缓，顿挫有致，读之给人以悲凉回荡之感。

“掩泪空相向，风尘何处期。”收束全诗，写诗人经历了感伤的送别场面，回忆起不胜伤怀的往事之后，越发觉得对友人依依难舍，不禁又回过头来，遥望远方，掩面而泣；然而友人毕竟旧迹难寻，掩面而泣也是徒然，只能期盼下次早日相会。但国家动荡，风尘扰攘，不知何时才能相会。

背景

《送李端》是唐代诗人卢纶写给李端的送别诗。创作时间约在大历年间（766—799），当时安史之乱刚刚平定不久，国家动荡尚未完全平息。卢纶为好友送行，感于离乱离情，作下此篇。

名家点评

〔清〕胡本渊：“少孤”句悲李，“多难”句自悲。“掩泪”二句，送。(《唐诗近体》)

〔清〕潘德舆：“少孤句，皆字字从肺肝中流露，写情到此，乃为入骨。虽是律体，实《三百篇》、汉魏之苗裔也。(《养一斋诗话》)

〔近代〕俞陛云：诗为乱离送友，满纸皆激楚之音。前四句言岁寒送别，念征途之递迢，值暮雪之纷飞，不过以平实之笔写之。后半篇沉郁激昂，为作者之特色。(《诗境浅说》)

孟 郊

孟郊（751—814），字东野，湖州武康（今浙江德清）人。早年困顿，漫游于湖北、湖南、广西等地。屡试不第，五十岁中进士，任溧阳县尉。在阌乡（今河南灵宝）暴疾而亡。

孟郊作诗苦心孤诣，多穷愁之词，感伤自身遭遇，属苦吟诗派。孟郊与贾岛齐名，有“郊寒岛瘦”之称。有《孟东野诗集》。

春风得意马蹄疾，一日看尽长安花

登科后

唐·孟郊

昔日龌龊不足夸，今朝放荡思无涯。
春风得意马蹄疾，一日看尽长安花。

注释

龌龊：指处境不如意。

夸：提及。

放荡：自由自在，无所拘束。

无涯：没有边际。

简析

这是一首用夸张手法表达诗人登科之后意气风发的抒情诗。

“昔日龌龊不足夸，今朝放荡思无涯。”开篇直抒心情，叙述以往在生活上的困顿与思想上的局促不安再不值得一提，活灵活现地描绘出诗人登科后神采飞扬的得意之态，酣畅淋漓地抒发了他心花怒放的得意之情。这两句精妙之处，在于情与景和，意到笔到，将诗人策马奔驰于春花烂漫的长安道上的得意情景描绘得极为生动鲜明。

“春风得意马蹄疾，一日看尽长安花”一句脍炙人口，流传甚广，不仅运用双关手法：所谓“春风”，既是自然界真实存在的春风，也是诗人感到的可以大有作为的适宜的政治气候的象征；所谓“得意”，既有考中进士内心的扬扬自得，也有得遂平生所愿，进而展望前程的踌躇满志。因而诗歌所塑造的艺术形象，就不仅仅限于考中进士以后在春风中策马疾驰赏花的孟郊本人，而且也代表了时来运转、长驱在理想道路上的具有普遍意义的有志之士的艺术形象了。个别与一般、明快与含蓄，在这首诗中得到了统一，使诗作具有了更高的艺术价值，既具体生动，又不乏概括性，既明朗畅达而又别具情韵。

背景

公元796年（唐贞元十二年），年届46岁的孟郊第三次赴京科考，终于登上了进士第。放榜之日，孟郊喜不自胜，当即写下了这首快诗。

名家点评

〔南宋〕周紫芝：余尝读孟东野下第诗云：“弃置复弃置，情如刀剑伤。”及登第，则自谓“春风得意马蹄疾，一日看尽长安花。”一第之得失，喜忧至于如此，宜其虽得之而不能享也。(《竹坡诗话》)

〔南宋〕黄彻：乐天及第后，《归觐留别同年》云：“擢第未为贵，拜亲方始荣。”此毛义得檄而与之意也。论者以“春风得意马蹄疾”决非孟郊语，其气格亦不类。而白公亦有“得意减别恨，半酣轻远程。翩翩马蹄疾，春日阳乡情”。此又不可晓也。(《巩溪诗话》)

〔南宋〕国材：失意处牢骚幽愤过甚，得意后便尔骄穉放荡，何语未免寒态。(《孟东野诗集》)

武元衡

武元衡（758—815），字伯苍，河南缑氏（今河南偃师南）人，官居比部员外郎、御史中丞等职，后出任剑南西川节度使，元和八年复任宰相。元和十年，因力主讨伐藩镇，被平卢节度使李师道所派刺客刺杀。其诗以辞藻绮丽、精妙见长，著有《武元衡集》。

春风一夜吹乡梦，又逐春风到洛城

春兴

唐 · 武元衡

杨柳阴阴细雨晴，残花落尽见流莺。
春风一夜吹乡梦，又逐春风到洛城。

注释

春兴：因春天的景象而引发的情思。

阴阴：形容杨柳幽暗茂盛。

流莺：即莺。流，谓其鸣声婉转。

乡梦：美梦；甜蜜的梦境。乡：一作“香”。

梦：一作“又”。

简析

这首诗描绘了一幅优美的暮春景象图。

“杨柳阴阴细雨晴，残花落尽见流莺。”一个细雨初晴的春日，枝头的残花已经在雨中落尽，露出了在树上啼鸣的流莺。异乡的春天已经在柳暗花残中悄然逝去，故乡的春色此时想必也凋零阑珊了吧。那漂荡流转的流莺，更容易触动诗人羁泊异乡的情怀。触景生情，悠悠乡思便不可抑止地产生了。

“春风一夜吹乡梦，又逐春风到洛城。”这是两句想象新奇、意境美妙的诗句。上句写春风“吹乡梦”，下句写梦“逐春风”，一“吹”一“逐”，都很富有表现力。它使人联想那和煦的春风，像是给入眠的思乡者不断吹送故乡春天的气息，这才酿就了一夜的思乡之梦。而这一夜的思乡之梦，又追逐着春风的踪迹，飘飘荡荡，越过千里关山，来到日思夜想的故乡。在诗人笔下，春风变得特别多情，它仿佛理解诗人的乡思，特意来殷勤吹送乡梦，为乡梦作伴引路；而无形的乡梦，也似乎变成了有形的缕缕丝絮，抽象的主观情思，完全被形象化了。在诗人的意念中，这种随春风而生、逐春风而归的梦，是一种心灵的慰藉和美的享受，不仅透露出乡思的深切，也流露了诗人对美好梦境的欣喜愉悦。

名家点评

〔清〕黄叔灿：旅情黯黯，春梦栩栩，笔致入妙。(《唐诗笺注》)

〔近代〕俞陛云：诗言春尽花飞，风吹乡梦，虽寻常意境，情韵自佳。三、四句“乡梦”“春风”循环互用，句法颇新。(《诗境浅说续编》)

张　籍

张籍（约767—约830），字文昌，吴郡（今江苏苏州）人。贞元进士，曾任水部员外郎、国子司业等，故世称张司业或张水部。

张籍以乐府诗见长，与王建齐名，世称“张王乐府”。其诗语言凝练，风格平易自然，较多反映社会现实，体现了对广大劳动人民的深切同情。有《张司业集》。

洛阳城里见秋风，欲作家书意万重

秋思

唐·张籍

洛阳城里见秋风，欲作家书意万重。
复恐匆匆说不尽，行人临发又开封。

注释

意万重：极言心思之多。
复恐：又恐怕。
行人：指拜托捎信的人。

简析

这是一首表达诗人乡愁的抒情诗。

“洛阳城里见秋风”，洛阳城又刮起秋风，然而秋风无形无色如何可“见”呢？很显然诗人是看到秋风卷起落叶，百草枯败的衰落之景，不可避免地要勾起羁泊异乡的孤子凄寂情怀，引起对家乡、亲人的悠长思念。那凄神寒骨的萧索之风都似乎在催促诗人写一封家书。然而一提笔却因为“意万重”反而如鲠在喉无从下笔。不知不觉已写完都封好了的时候，又担心太匆忙没有把想表达的全部书尽，竟在送信人都要出发时特意拦下，只为了验证一下心中的疑惑和担心而重开信封。这一细节描写烘托了诗人内心对亲人的思念和乡思之深，寓情于事，借助日常生活中一个不起眼的小片段——寄家书时的思想活动和行动细节，非常真切细腻地表达了作客他乡的人对家乡亲人的深切怀念。此时的诗人已是游子的代表了，那份自然流露的感情让人倍感亲切与温暖，于细微处见感情之深。

背景

盛唐绝句，多寓情于景，情景交融，较少叙事成分；到了中唐，叙事成分逐渐增多，日常生活情事往往成为绝句的习见题材，风格也由盛唐的雄浑高华、富于浪漫气息转向写实。

名家点评

〔北宋〕王安石：看似寻常最奇崛，成如容易却艰辛。(《题张司业诗》)

〔明〕张震：常言常语，写得思尽。(《唐音辑注》)

〔现代〕刘拜山：“临发又开封”，终似有未尽说之语也。思家之情，栩栩纸上。此种人情恒有之事，一经拈出，自然沁人心脾。(《千首唐人绝句》)

白居易

白居易（772—846），字乐天，晚号香山居士、醉吟先生。祖籍太原，后迁居下邽（今陕西渭南）。

白居易是一位伟大的现实主义诗人，也是唐代新乐府运动的倡导者，其有3000首诗歌传世，是唐代诗人中作品流传最多的一位。其诗作语言通俗，传说老妪也能听懂。与元稹常相唱和，世称“元白”。有《白氏长庆集》等。

野火烧不尽，春风吹又生

赋得古原草送别

唐・白居易

离离原上草，一岁一枯荣。
野火烧不尽，春风吹又生。
远芳侵古道，晴翠接荒城。
又送王孙去，萋萋满别情。

注释

赋得：古代以前人诗句或成语命题作诗的体裁格式，通常出现于科举考试中，又称“赋得体”。

离离：繁盛的样子。

原：草原，原野。

荣：繁盛。

远芳：牵连一片的草。

王孙：贵族。这里指前往远方的友人。

萋萋：草盛的样子。

简析

这首诗相传为白居易十六岁时的应试之作。诗中通过对古原上野草的描绘，抒发送别友人时的依依惜别之情。

“离离原上草”，用叠字“离离”描写春草的茂盛并紧扣题目。第二句进而写出原上野草秋枯春荣，年年循环往复，生生不已的规律。三、四句“野火烧不尽，春风吹又生”，是前一句“枯荣”二字意思的详解。不管烈火怎样无情地焚烧，被摧毁得何其干净，但只要春风一吹，又是遍地青青的野草，极为形象生动地表现了野草顽强的生命力。又承上启下，为下文送别友人做铺垫。第五、六句“远芳侵古道，晴翠接荒城”，用动词“侵”和“接”生动形象地刻画了春草蔓延，绿野无垠的景象，“古道”“荒城”又点出将送别的友人即将经历的恶劣环境。最后两句“又送王孙去，萋萋满别情”，点明送别的本意。用连绵不尽的萋萋春草比喻诗人心中充塞胸臆、弥漫原野的惜别之情，真正达到了情景交融，韵味无穷。

全诗章法谨严结构合理，用语自然流畅而又通俗易懂，写景抒情水乳交融意境浑成，在“赋得体”中堪称绝唱。

背景

据宋人尤袤《全唐诗话》记载：白居易十六岁时从江南到长安，带了诗文谒见当时的大名士顾况。顾况看了名刺，开玩笑说："长安米贵，居大不易。"但当翻开诗卷，读到这首诗中"野火烧不尽，春风吹又生"两句时，不禁连声赞赏说："有才如此，居亦何难！"连诗坛老前辈也被折服了，可见此诗艺术造诣之高。

名家点评

〔明〕周珽：首联原物理之循环，次联见生机之不息，三联咏草色之周遍，结联咏物情之系感。(《删补唐诗选脉笺释会通评林》)

〔清〕屈复：不必定有深意，一种宽然有余地气象，便不同啾啾细声。此大小家之别。(《唐诗成法》)

〔清〕范大士：极平淡，亦极新异，宜顾况之倾倒也。(《历代诗发》)

元　稹

元稹（779—831），字微之，河南河内（今河南洛阳）人。唐德宗贞元九年（793）明经及第，曾任监察御史、通州司马等。

元稹与白居易为好友，常相唱和，世称“元白”。其诗风格也与白居易相近，元诗与白诗合称“元白体”。曾撰传奇《莺莺传》，另有诗文集《元氏长庆集》。

垂死病中惊坐起，暗风吹雨入寒窗

闻乐天授江州司马

唐・元稹

残灯无焰影幢幢，此夕闻君谪九江。
垂死病中惊坐起，暗风吹雨入寒窗。

注释

江州：在今江西省九江市。

幢（chuáng）幢：灯影昏暗摇曳之状。

谪：当官被贬或移迁。

简析

这是首寓意深远的抒情诗，诗歌描述了本就重病缠身的诗人在听闻好友被贬官的消息后内心的震惊和愁思苦闷。

开头一句情景描写，借“灯”和“影”烘托了压抑低沉的气氛，灯若“无焰”怎会“影幢幢”？显然是诗人心理作用，那是什么消息让诗人连灯都觉得昏暗飘忽呢？这个悬念随后就被做出了解释——好友白居易被贬为江州司马。下联动作描写和神态描写相结合，诗人病重到“垂死”，本应虚弱不堪的他却在听闻这个噩耗后“惊坐起”，妙用夸张手法加深了感情的宽度，仿若神来之笔，瞬间引发读者无限的想象。然而诗人却没有细说“惊”后的感情变化，反而又用景物描写首尾呼应，凄风苦雨，寒夜暗影，反而使感情深藏不露，含蓄隐晦。陡然一惊却寓情于景，其千言万语万千愁绪皆留给后人想象，这就使全诗含蓄隽永，情意深长，耐人寻味。

背景

元稹与白居易都是有名的诗人，两人私交很好。元和五年（810），元稹因弹劾和惩治不法官吏，同宦官刘士元冲突，被贬为江陵士曹参军，后来又改授通州（州治在今四川达县）司马。元和十年（815），白居易上书，请捕刺杀宰相武元衡的凶手，结果得罪权贵，被贬为江州司马。这首诗就是元稹在通州听到白居易被贬的消息时写的。

名家点评

〔唐〕白居易：睹所寄闻仆左降诗云……此句他人尚不可闻，况仆心哉！至况仆心哉！至今每吟犹恻恻耳。(《与元微之书》)

〔南宋〕洪迈：嬉笑之怒，甚于裂眦；长歌之哀，过于恸哭，此语诚然。微之在江陵，病中闻乐天左降江州，作绝句云："残灯无焰影幢幢……"乐天以为"此句他人尚不可闻，况仆心哉！"微之集作"垂死病中仍怅望"，此三字既不佳，又不题为"病中作"，失其意矣。(《容斋随笔》)

〔清〕吴昌祺：衬第三句，而末复以景终之，真有无穷之恨。(《删订唐诗解》)

〔清〕沈德潜：(诗)又有过作苦语而失者，元稹之"垂死病中惊坐起，暗风吹雨入寒窗"，情非不挚，成蹙蹶声矣。李白"杨花落尽子规啼"，正不须如此说。(《说诗晬语》)

〔清〕黄叔灿：残灯病卧，风雨凄其，俱是愁境，却分两层写。当此残灯影暗，忽惊良友之迁谪，兼感自己之多病。此时此际，殊难为情。末句另将风雨作结，读之味逾深。(《唐诗笺注》)

崔　护

崔护，生卒年不详，字殷功，博陵（今河北正定）人。唐贞元进士，官居京兆尹、御史大夫、岭南节度使。

其诗风格精练婉丽、语言清新。《全唐诗》存其诗六首。

人面不知何处去，桃花依旧笑春风

题都城南庄

唐·崔护

去年今日此门中，人面桃花相映红。
人面不知何处去，桃花依旧笑春风。

注释

都：国都，指唐朝京城长安。

人面：指姑娘的脸。

不知：一作“祇（zhǐ）今”。

去：在。

笑：形容桃花盛开的样子。

简析

这首诗只有短短四句，却连接了两个时间点的两个相似的场景。这种上下相对比的结构令人眼前一亮，又构成强调句式引人深思，构思巧妙。

“去年今日此门中，人面桃花相映红。”诗人不仅为艳若桃花的“人面”设置了美好的背景来衬出了少女姣好的面容，而且含蓄地表现出诗人一眼惊艳心驰神往、情摇意夺的情状，和当时双方脉脉含情、默默相对的美好情景。

然而很快笔锋一转，还是同样春光烂漫、百花吐艳的季节，还是同一个花木扶疏、桃树掩映的门户。然而，使这一切都增光添彩的“人面”却不知何处去，只剩下门前一树桃花仍旧在春风中凝情含笑。去年今日，伫立桃树下的那位不期而遇的少女，想必是凝睇含笑，脉脉含情的；而今，人面杳然，依旧含笑的桃花只能引动诗人对往事的美好回忆和好景不长的感慨了。“依旧”二字，无限怅惘不言而喻。

诗句朴素无华，为何却流传千年？因为它用最朴素的语言诠释了一种普遍性的人生体验：在偶然、不经意的情况下遇到某种美好事物，而当自己去有意追求时，却再也不可复得。

背景

此诗的创作时间，史籍没有明确记载。而唐人孟棨《本事诗》和宋代《太平广记》则记载了此诗“本事”：崔护到长安参加进士考试落第后，在长安南郊偶遇一美丽少女，次年清明节重访此女不遇，于是题写此诗。这段记载颇具传奇小说色彩，其真实性难以得到其他史料的印证。

名家点评

〔北宋〕沈括：诗人以诗主人物，故虽小诗，莫不埏蹂极工而后已。所谓“旬锻月炼”者，信非虚言。小说崔护《题城南》诗，其始曰：“去年今日此门中，人面桃花相映红。人面不知何处去，桃花依旧笑春风。”后以其意未全，语未工，改第三句曰“人面秖今何处在”。至今所传此两本，惟《本事诗》作“秖今何处在”。唐人工诗，大率多如此。虽有两“今”字，不恤也，取语意为主耳。后人以其有两“今”字，只多行前篇。(《梦溪笔谈》)

〔现代〕沈祖棻：前两句从今到昔，后两句从昔到今，两两相形，情绪上的转变很剧烈，但文气一贯直下，转折无痕。它的本事既很动人，语言又极真率自然，明白流畅，因而一直传诵人口。(《唐人七绝诗浅释》)

杜 牧

杜牧（803—852），字牧之，京兆万年（今陕西西安）人。杜佑孙。唐文宗大和二年（828）进士，曾任弘文馆校书郎、左补阙、监察御史，黄、池、睦诸州刺史，官终中书舍人。诗文多指陈时政之作。写景抒情诗多清丽生动。其诗在晚唐成就颇高，后人称杜甫为“老杜”，称其为“小杜”。又与李商隐并称“小李杜”。有《樊川文集》二十卷。

东风不与周郎便，铜雀春深锁二乔

赤壁

唐 · 杜牧

折戟沉沙铁未销，自将磨洗认前朝。
东风不与周郎便，铜雀春深锁二乔。

注释

折戟：折断的戟。

销：销蚀。

将：拿起。

磨洗：磨光洗净。

周郎：指周瑜，字公瑾。

铜雀：即铜雀台。

二乔：东吴乔公的两个女儿，大乔嫁孙策，小乔嫁周瑜，均为当时美女。

简析

这是一首借物咏史诗，诗人展现了架空历史的奇思。

“折戟沉沙铁未销，自将磨洗认前朝。”开头有力更有味道。泥沙中藏着折断的战戟，还未被腐蚀完全。诗人慧眼独具，将它磨洗后，发现竟是前朝遗物。看似平淡的偶遇遗物实则耐人琢磨。戟，作为战争之物，竟会在沙中找到，且还是断戟，很明显在暗示此地曾有过的战争，呼应主题。

“东风不与周郎便，铜雀春深锁二乔。”更是诗人的奇思妙想，假如天公不作美，赤壁之战没有强劲的东风刮起，怕是曹操要大破东吴，掳去二乔了。此处诗人主要是对周瑜之命运顺风顺水的惊讶，有种时势造英雄的喟叹。

全诗充满了奇趣之巧，如果不是诗人突遇断戟，又如何发现赤壁古战场呢？如果东风不恰巧出现，周瑜又怎么能大破曹军呢？诗人写巧之用意，恰恰是自己命运不济，希望机遇的垂青，更多是在借历史战争吐其胸中抑郁不平之气。

当然，诗人对于东风的看法属于一家之言，我们都知道战争的走势虽受天气因素影响，但更多的是因为人的对抗而呈现强弱之变。因此诗人所言多来源其自信，暗藏着自己如在周瑜之位能够做出更大战果的极大自信。

背景

本诗是作者约在公元821—844年任黄州刺史时经过赤壁古战场，有感于三国历史而写下的作品。

名家点评

〔清〕纪昀等：（许顗）讥杜牧《赤壁》诗为不说社稷存亡，惟说二乔，不知大乔乃孙策妇，小乔为周瑜妇，二人入魏，即吴亡可知。此诗人不欲质言，故变其词耳。(《四库提要》)

〔清〕何文焕：牧之之意，正谓幸而成功，几乎家国不保。(《历代诗话考索》)

〔清〕王尧衢：杜牧精于兵法，此诗似有不足周郎处。(《古唐诗合解》)

千里莺啼绿映红，水村山郭酒旗风

江南春

唐·杜牧

千里莺啼绿映红，水村山郭酒旗风。
南朝四百八十寺，多少楼台烟雨中。

注释

莺啼：即莺啼燕语。

郭：指城镇。

酒旗：一种挂在门前以作为酒店标志的酒帘。

南朝：先后与北朝对峙的宋、齐、梁、陈政权。

楼台：指寺院建筑。

烟雨：细雨蒙蒙，如烟如雾。

简析

这是首咏颂江南春景之诗，描写了江南景物搭配，且富有远近的层次之感。

“千里莺啼绿映红，水村山郭酒旗风。”写近景，江南千里皆是黄莺鸣叫，朵朵红花与棵棵绿树互相映衬。第二句描远景，诗人眺望远方能够看见傍水的村庄与依山的城郭中升起的迎风招展的酒旗。远近相应，自然与人文之景融合，短短十四字就将江南春景萌动之意跃然于笔纸之间。

“南朝四百八十寺，多少楼台烟雨中。”后两句之景就更广阔了，诗人的目光望向更遥远的古寺楼台，皆沐浴于微微春雨之中，描绘出一种虚虚实实的迷蒙之景，艺术张力恰到好处。

综合全诗来看，红绿的色彩搭配，声声入耳的莺啼与迷蒙春雨的虚实搭配加上远近之景的层次感，使读者闭上眼睛就能想象出江南春天的美景。

当然对于诗人单单着眼于南朝之寺的说法不一，一般认为，杜牧借辉煌之南朝的过去与如今众多寺庙被风吹雨打的凄清之景，来表达忧国忧民的情怀。因为在杜牧生活的晚唐时代，佛教的兴盛，尤其是统治者大兴土木、滥修佛寺使得诗人对统治者治国乏术和佛道误国的忧虑不断加深。

背景

杜牧来到景物繁丽的江南，想起当年南朝事佛的虔诚，不仅没有求得长生，反而误国害民。这是一首素负盛誉的写景诗。小小的篇幅，描绘了广阔的画面。既是咏史怀古，也是对唐王朝统治者委婉的劝诫。

名家点评

〔清〕何焯：缀以“烟雨”二字，便见春景，古人工夫细密。(《唐三体诗评》)

〔清〕周咏棠：字字着色画。此种风调，樊川所独擅。(《唐贤小三昧集续集》)

〔清〕宋宗元：江南春景，描写莫尽，能以简括，胜人多许。(《网师园唐诗笺》)

桃李无言又何在，向风偏笑艳阳人

紫薇花

唐·杜牧

晓迎秋露一枝新，不占园中最上春。
桃李无言又何在，向风偏笑艳阳人。

注释

晓：天明，天刚亮。

秋露：深秋的露水。

上春：早春。

何在：在哪里。

向风：迎风。

简析

这是一首抒情的咏物诗。

“晓迎秋露一枝新，不占园中最上春”写清晨的秋露洗净了花枝，一树烂漫的花朵占尽了天时，用最直接的语气表达了对紫薇的喜爱。“桃李无言又何在，向风偏笑艳阳人”，这里运用了对比的修辞手法，桃李虽艳，却已无踪影，艳阳伴我从暮春到秋日。用桃李虽艳然而如今却不见踪影来反衬紫薇的独特之美及花期之长，极有新意。

此诗虽名紫薇，行文中却一字不提紫薇，反而别出心裁用大家熟悉的桃李来反衬要描写的紫薇，使读者在惊奇之中，充分感觉到紫薇不与桃李争奇斗艳，淡雅高洁的风骨和一枝独秀的品格。看似毫无关系却又在情理之中，这一设想增加了诗的张力和戏剧效果，成就了这一咏薇名句。

背景

杜牧对紫薇花情有独钟，也因其志向高洁，恰似美丽的紫薇，被人称为“杜紫薇”。这便有了“紫薇郎对紫薇花”的典故。

温庭筠

温庭筠（约812—870），本名岐，字飞卿，太原祁（今山西祁县）人。少时有才名，辞赋出众，却屡试不第。曾任方城县尉和国子助教。

温庭筠诗词俱佳，以词著称。其诗词清婉精丽，受世人推崇。其诗与李商隐齐名，并称“温李”；其词与韦庄齐名，并称“温韦”。有《温飞卿诗集》

山月不知心里事，水风空落眼前花

梦江南

唐·温庭筠

千万恨，恨极在天涯。山月不知心里事，水风空落眼前花。摇曳碧云斜。

注释

恨：离恨。

天涯：天边。

摇曳：摇荡、动荡。

简析

这是一首以意境取胜的抒情之作，通过描写思妇在孤单的月光下独自思念的姿态，表现了其内心的悲戚和哀伤。

“千万恨，恨极在天涯”，连用两个“恨”字，“千万”和“极”字都在最大程度上刻画了女主人公内心极度的愤恨，那么是什么事情让她如此之恨呢？紧接着点出原因，所恨之人远“在天涯”，满腔怨恨喷薄而出，反复、零乱，大有不胜枚举之概。虽有千头万绪之恨，但恨到极点的事只有一桩——远在天涯的那个人久不归来。这便表明了全文主旨。

“山月不知心里事，水风空落眼前花”两句，借想象中的景物从侧面阐述其“恨”之深。女主人公既有千万恨，其“心里”有“事”是理所当然的了。“恨”是无形的，是难以把握和捉摸的，而词人却善于借景将它烘托出来：像风掠过水面时的阵阵涟漪，像花儿随风落去时的缤纷缭乱，像悠悠白云在天空摇曳时的飘忽迷离，这样一来，抽象的“恨”就变得形象可感了，不仅使读者有如身临其境感同身受，也增强了词的审美价值。

“摇曳碧云斜”动静结合，状出了凝望暮色与碧云的女主人公的百无聊赖之态，虽不言“恨”但其意已显。

背景

温庭筠有两首《梦江南》小令，《草堂诗余别集》在此调下有题“闺怨”。这一首主要写感受和印象。

名家点评

〔明〕沈际飞：（山月二句）惨境何可言！（《草堂诗余别集》）

〔清〕陈廷焯：低徊深婉，情韵无穷。（《云韶集》）

〔近代〕李冰若："摇曳"一句，情景交融。(《栩庄漫记》)

〔现代〕唐圭璋：此首叙飘泊之苦，开口即说出作意。"山月"以下三句，即从"天涯"两字上，写出天涯景色，在在堪恨，在在堪伤。而远韵悠然，令人讽诵不厌。(《唐宋词简释》)

李商隐

李商隐（813—858），字义山，号玉谿生，又号樊南山，唐代怀州河内（今河南沁阳）人。李商隐曾任县尉、秘书郎和东川节度使判官等职。因受牛李党争影响，受人排挤，一生困顿不得志。

其诗擅长律诗、绝句，富于文采，风格独特，但诗文多用典故，意旨隐晦。与杜牧合称“小李杜”，与李白、李贺合称“三李”。有《李义山诗集》存世。

相见时难别亦难，东风无力百花残

无题

唐 · 李商隐

相见时难别亦难，东风无力百花残。
春蚕到死丝方尽，蜡炬成灰泪始干。
晓镜但愁云鬓改，夜吟应觉月光寒。
蓬山此去无多路，青鸟殷勤为探看。

注释

东风：春风。

残：凋零。

泪：指蜡泪，隐喻相思泪水。

晓：早晨。

镜：照镜，用作动词。

云鬓：青年女子的头发，代指青春年华。

青鸟：传说中的神鸟，西王母的使者。

简析

自古相思最伤人。这首《无题》是李商隐缠绵悱恻的爱情诗的代表之作。

“相见时难别亦难，东风无力百花残。”首句就压抑不住自己的相思之情，直抒对见面的珍惜与分别时眷念不舍之意，以悲情赏暮春之景，看见春风将无，百花凋谢的悲景更增诗人内心的伤感。不像其他爱情诗总以景物起始讲究含蓄之意，李诗直抒相思意更令人感同身受。

“春蚕到死丝方尽，蜡炬成灰泪始干。”颔联则将奔放的情感暗含于春蚕与蜡炬之象中，表达至死不渝的爱情追求，就如春蚕吐丝、蜡炬成灰，到死方休。虽然做了借代处理，但感情基调却比首联更为强烈。

“晓镜但愁云鬓改，夜吟应觉月光寒。”颈联从自己的相思之苦联想到对方也忍着同样的痛苦，心疼女方在照镜子时鬓发脱落，容颜憔悴，在夜间对月相思独吟诗歌时月光之景是多么的冷彻。

“蓬山此去无多路，青鸟殷勤为探看。”最后化用青鸟之典，希望自己作为仙人西王母的使者能够飞去对方居住的“蓬山”

团聚，这种奇幻的艺术色彩更为诗歌留下了令人想象的余地。而细细琢磨，诗人用典的缘由是身体无法亲自到达，只好寄希望于神话传说，期望自己那份真挚感情可以迎来奇迹。

背景

相传李商隐少年时到玉阳山学道，其间与灵都观女史宋华阳相识相恋，感情却不能为外人知，作者的心内以诗记情，并隐其题。这首《无题》诗是抒写他们两人之间恋情的诗中最著名的一篇。

名家点评

〔清〕陆次云：诗中比意从汉魏乐府中得来，遂为《无题》诸篇之冠。(《五朝诗善鸣集》)

〔清〕查慎行：三、四摹写“别亦难”，是何等风韵！(《初白庵诗评》)

〔清〕陆昆曾：八句中真是千回万转。(《李义山诗解》)

〔清〕屈复：三、四进一步法。结用转笔有力。(《玉谿生诗意》)

罗　隐

罗隐（833—910），原名横，字昭谏，杭州新城（今浙江富阳）人。少有诗名，因好议论时政，讽刺公卿，十举进士而不第，乃改名隐。罗隐的诗蕴含着他对人生的深刻认识，有的诗中也蕴含着对社会现实的深刻揭露和批判。其著述颇丰，但散佚较多，现存诗作500首，有诗集《甲乙集》传世。

不论平地与山尖，无限风光尽被占

蜂

唐·罗隐

不论平地与山尖，无限风光尽被占。
采得百花成蜜后，为谁辛苦为谁甜。

注释

山尖：山峰。

尽：都。

占：占其所有。

为谁辛苦：一作“不知辛苦”。

简析

这是首借物讽世的佳作，诗人在对蜜蜂酿蜜深入细致的观察之下，融进他对当时社会的忧虑与愤慨后写成本诗。

“不论平地与山尖，无限风光尽被占。”写蜜蜂的生存状态，它们在平地与山尖不停穿梭劳作，巴不得占尽每一分风光。既表达了蜜蜂劳作之勤，又表现出它们积极的心态，期望“占尽风光”的热情。平平淡淡的语句中，诗人对其的欣赏与夸赞暗含其中。

“采得百花成蜜后，为谁辛苦为谁甜。”则提出了一个耐人寻味的问题，蜜蜂辛辛苦苦酿的蜜又该如何分配呢？如果自己没有获取应得部分，那么如此辛劳到底又是为了谁呢？与其说诗人在替蜜蜂鸣不平，不如说诗人在为了广大的劳动者向那些不劳而获的剥削者加以嘲讽和鞭笞，同时也在表达自己一身才华却久沉下僚、大志难伸境遇的感叹，圣贤书又是为了谁来读的呢？

对社会和历史问题的深度思考是本诗的优异之处，但也是限制本诗基调的幽怨小心思，虽运用象征与设问的手法形象反映了劳动者不能享受其劳动成果的社会现实，但最后较消极的感情也体现了诗人的无奈，有一丝自叹自哀。

背景

罗隐出于对当时朝廷和考试制度的失望，以及在这样的情绪下，看见人民辛苦劳作与部分朝廷官员不劳而获相对立的情景而产生的愤懑，大致是罗隐作出这首讽喻不劳而获者的《蜂》的原因。

名家点评

〔现代〕刘永济：诗意似有所悟，实乃叹世人之劳心于利禄者。(《唐人绝句精华》)

〔现代〕刘拜山：此讥横行乡里，聚敛无厌，而终不能自保者。唐末社会动乱，兴灭无常（如大小军阀之兼并），故诗人有所感讽也。或谓农民鸣不平者，实误。(《千首唐人绝句》)

〔当代〕孙琴安：不只是对蜜蜂感叹，也是对人世间一切繁忙劳碌现象的慨叹。此诗篇制虽短，蕴量却很丰富，语言也显得比较通俗浅近，是一首很好的咏物诗。(《唐人七绝选》)

崔道融

崔道融（？—约907），自号东瓯散人，荆州（今湖北江陵）人。唐朝末年避乱永嘉，昭宗时出任永嘉县令，官至右补阙，未就职。

崔道融长于绝句，用语精妙，风格闲淡。有《东浮集》十卷。《全唐诗》存诗一卷。

篱外谁家不系船，春风吹入钓鱼湾

溪居即事

唐·崔道融

篱外谁家不系船，春风吹入钓鱼湾。
小童疑是有村客，急向柴门去却关。

注释

溪居：溪边村舍。

即事：对眼前的事物、情景有所感触而即时创作。

系（jì）：拴，捆绑。

却关：打开门闩。

简析

这是一首描绘溪居人家一景的叙事诗。虽看似全篇都在写日常生活中一件小事，却又从细节入手，于细微处见精神，表现了诗人对闲适亲切的乡村生活的喜爱与悠然。首句化静为动，开门见山写“篱外谁家不系船”句，却于平常中又显出不平常来了。不知是哪一家“不系船”，船便被吹进“钓鱼湾”。“春风”二字，不仅点明故事发生的时令，也道出了船的动因：春潮上涨，溪水满溢，小船才会随着风势，由远至近，悠悠荡荡地漂进钓鱼湾来。不系船，这在春日农村是很普通的事，但经作者两笔勾勒，溪居的那种恬静、平和的景象便跃然纸上，再着春风一“吹”，整个画面都活了起来，生气盎然，引人入胜，饶有诗意。

乡村春日，人们都在田间劳作，村里一般是很清静的，除了孩子们在宅前屋后嬉戏之外，少有闲人。有一位小童正玩得痛快，突然发现有船悠悠进湾来了，以为是有客人来了，急急忙忙跑回去打开柴门的门闩迎接客人。“疑”“急”二字，把儿童那种好奇、兴奋、粗疏、急切的心理状态，描绘得惟妙惟肖，十分生动传神。诗人捕捉住这一刹那间极富情趣的小镜头，成功地塑造了一个热情淳朴、天真坦率的农村儿童的形象。

这首诗纯用白描，朴素自然，平淡欢快，真可谓洗尽铅华，得天然之趣，因而诗味浓郁，意境悠远。临水的村庄，紧闭的柴门，碧波粼粼的溪水，漂荡的小船，奔走的儿童……静中寓动，动中见静，一切都那么和谐而富有诗意，使人感受到水乡宁静、优美的景色，体会到浓郁的乡村生活气息。表现了诗人积极乐观的生活情趣和闲适舒坦的心情。

齐　己

齐己（约864—937），唐末五代僧人。俗姓胡，名得生，潭州益阳（今属湖南）人。出家后长期居于长沙道林寺，自称衡岳沙门。后徙居庐山东林寺。其诗多为登临题咏、酬和赠别之作，其间流露出佛教的出世思想。有《白莲集》，《全唐诗》存诗十卷。

风递幽香出，禽窥素艳来

早梅

唐·齐己

万木冻欲折，孤根暖独回。
前村深雪里，昨夜一枝开。
风递幽香出，禽窥素艳来。
明年如应律，先发望春台。

注释

孤根：指梅树之根。

暖独回：指阳气开始萌生。

幽香：幽细的香气。

应律：指梅花应时而开。

春台：幽美的游览之地。

简析

这是首咏物明志之诗，通过刻画梅花傲寒独幽的品性，不畏严寒的奋斗精神，以寄托自己的坚贞意志，含蓄表达能够获得机遇被赏识的美好愿景。

“万木冻欲折，孤根暖独回。”开篇以万木凋摧对比梅的孤根独暖，凸显梅花不畏严寒的特性。在万木禁受不住严寒纷纷摧折之时，梅树独自运暖气于根茎恢复生机，此暖气更像在指代奋斗之热血，“孤根独暖”的性格更是自己对坚贞品质的理解。

“前村深雪里，昨夜一枝开。风递幽香出，禽窥素艳来。”颔联与颈联更多的是描写梅花独特的形象，立体地展示了孤梅独放于皑皑深雪山村野外的“独”与幽香缓缓、素雅芳洁的外形的美。“递”与“窥”二字更将风缓缓之态与雀鸟惊讶之姿展现得活灵活现。

“明年如应律，先发望春台。”结句寄情于景，既表达对荒野孤梅的祝愿，希望它的美可以展现在众人游览之地，被更多人发现，又是对自己前途的祝福，希望自己可以被赏识认可的渴望，也包含了对自己未来能够独占鳌头、实现远大抱负的自信。

与一般咏梅诗只着眼梅的高洁不同，这首诗多出来的美好想象，既不突兀，也不夸张，可见作者笔墨虽少，构思却奇。

背景

一年冬天，刚刚下过雪，清晨齐己出门，被眼前的一片雪白吸引住了，前方几枝报春的蜡梅花引来了报春鸟围着梅花唱歌，齐己被这景色惊呆了，回寺后，马上写下了《早梅》这首诗。所载，“一枝开”原为“数枝开”，诗人写完此诗向当时大诗人郑谷征求意见，郑谷看过之后说：“数枝”非早也，未若“一枝”佳。诗人叹服，并称郑谷为“一字师”。

名家点评

〔元〕方回：寻常只将前四句作绝读。其实二十字绝妙，五六亦幽致。(《瀛奎律髓》)

〔清〕黄叔灿：气格矫健，绝不似僧家寒俭光景。宜其为少陵所赏识也。(《唐诗笺注》)

韦　庄

韦庄（约836—910），字端己，京兆杜陵（今陕西西安东南）人。乾宁元年（894）进士，任校书郎。后仕蜀，任吏部侍郎兼平章事。

韦庄的词与温庭筠齐名，并称“温韦”。韦词语言清丽，多以白描手法写闺情愁绪及游乐生活。现存词五十五首，有《浣花集》，《全唐诗》存诗六首。

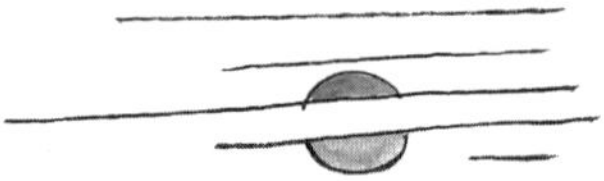

游人记得承平事，暗喜风光似昔年

长安清明

唐·韦庄

蚤是伤春梦雨天，可堪芳草更芊芊。
内官初赐清明火，上相闲分白打钱。
紫陌乱嘶红叱拨，绿杨高映画秋千。
游人记得承平事，暗喜风光似昔年。

注释

蚤（zǎo）：通“早”。

梦雨：春天的细雨。

可堪：意为不能忍受。

芊芊：指野草茂盛的样子。

内官：指宫内的宦官太监。

上相：泛指大臣。

白打钱：蹴鞠游戏，获胜者受赐金钱，称“白打钱”。一说指斗鸡。

紫陌：宫城大道。

红叱拨：原指唐代西域进贡的汉血名马之一，此处泛指骏马。

画秋千：装饰华美的秋千。

承平：太平。

简析

此诗用华丽、清闲的辞藻描绘了清明节时的气氛、景象，诗句里透露出盛世气象，又表达了对时局的不满和失望。

“蚕是伤春梦雨天，可堪芳草更芊芊。”写时，写景，不觉间已至春天，明明芳草已茂，可是却不知为何生出惆怅之情。“伤春”两字点明主旨，又因此而引起诗人心境的变化。

“内官初赐清明火，上相闲分白打钱”一句，描写了清明时的风俗气氛。到了晚间才想起赏赐“清明火”，说明大臣心思早已不知飞去何方。“白打钱”是宫里的游戏，“闲”字刻画出即使作乐也不知心去何往，独留旧时习俗，无见盛世景象。

“紫陌乱嘶红叱拨，绿杨高映画秋千”一句描写了喧闹的清明时分，“紫”“红”“绿”的颜色描写，让人眼前一亮，“嘶”“叱”的声音描绘，又让人仿佛近在耳边。两段诗句让人对往日旧景充满向往，浑然忘了已有乱世风光。

“游人记得承平事，暗喜风光似昔年”。以上的景色使人不知不觉怀念起和平年代的雄壮大唐，即使已有乱景，可是京都人们却似乎毫无察觉，仍然“暗喜”，却不知末日将近。

背景

公元881年，黄巢起义军攻陷长安。韦庄离京南游，至昭宗景福二年（893）返京应试，次年中举，本篇约为当时所作。

名家点评

〔清〕朱三锡：曰“蚤是”，曰“可堪”，皆触景感怀口吻也。“内官”“上相”，皆追忆昔年升平之事；“叱拨”“秋千”，皆追忆昔年升平之景：独是升平虽异，而风光不改。曰“暗喜”者，乃游人暗喜耳。(《东岩草堂评订唐诗鼓吹》)

〔清〕周咏棠：一起宕漾有神。(《唐贤小三昧集续集》)

〔清〕姚鼐：伤乱而作此，故佳。若正序承平而为是语，则无味矣。(《五七言今体诗钞》)

和　凝

和凝（898—955），字成绩，郓州须昌（今山东东平西北）人。十九岁登进士第。一生仕途顺畅，历事梁、唐、晋、汉、周五代，累官中书侍郎、同中书门下平章事、太子太傅。

和凝好为短歌艳曲，有“曲子相公”之称。著有《红叶稿》，已失传。词存29首。今有王国维辑《红叶稿词》一卷。

春水无风无浪，春天半雨半晴

春光好

五代 · 和凝

苹叶软，杏花明，画船轻。双浴鸳鸯出绿汀，棹歌声。
春水无风无浪，春天半雨半晴。红粉相随南浦晚，几含情。

注释

汀：水边平地，小洲。
棹（zhào）：划船的一种工具，类似桨。
棹歌：船歌。
南浦：地名。

简析

此词主要描绘了一幅清新明媚的春水泛舟图，用轻快、愉悦的笔触描写了所处城市的景色，明快、工整又朗朗上口，文字里透出词人的欢快心情。

“苹叶软，杏花明，画船轻。”“软”“明”“轻”，几个形容词既描写景色，又描绘心情，勾勒出苹叶、杏花、画船的动作，十分形象，彼情彼景跃然纸上，读者隔着时光与岁月都能感受到彼时的风景。

“双浴鸳鸯出绿汀，棹歌声”一句同样绘景，只不过还带着声音。看，水里游玩的鸳鸯在绿池里动荡摇晃，听，恍然间似乎传来渔夫的歌声。

“春水无风无浪，春天半雨半晴”一句，两个“春”似乎有所重复，但转念一想，又各有不同。“无风无浪”写的是春天的江水，平静、淡泊，“半雨半晴”写的是春天的气候，时而雨水时而晴天，两段话平铺直叙又似有留白，让人浮想联翩。

“红粉相随南浦晚，几含情”一句，与心爱的女子同游，不觉间到了远处的晚间，这个时候，天色渐暮，莫名间两人似乎也被景色所陶醉，不觉间互生情愫。一个“几”字，近乎无，又似有，至于此种境地，无非是因景生情罢了，进一步衬托景色宜人。

名家点评

〔近代〕俞陛云：前半写烟波画船，见春光之好；后言浪静风微，乍晴乍雨，确是江南风景，绝好惠崇之图画也。(《五代词选释》)

〔近代〕李冰若：“春水”“春天”二语，写出春光骀宕之状。(《栩庄漫记》)

孙光宪

孙光宪（约900—968），字孟文，自号葆光子，陵州贵平（今四川仁寿）人。累官荆南节度副使、检校秘书少监兼御史中丞。归宋后，授黄州刺史。

孙词风格不同于其他“花间派”词人的浮艳、绮靡，其词清丽疏朗，较少艳情脂粉之气。今有王国维辑《孙中丞词》一卷。

蓼岸风多橘柚香，江边一望楚天长

浣溪沙

五代・孙光宪

蓼岸风多橘柚香，江边一望楚天长。片帆烟际闪孤光。
目送征鸿飞杳杳，思随流水去茫茫。兰红波碧忆潇湘。

注释

蓼岸：指开满蓼草的水边。

杳（yǎo）：高远的样子。

征鸿：鸿雁。鸿雁是候鸟，因季节而南北迁徙做长途飞行，故称征鸿。

兰：木兰。

潇湘：原指潇河湘河，传说舜的两位妃子，一名娥皇一名女英，因舜久出不返，死于此地，因此常用来指代凄美的爱情。

简析

这首词抒发了男女在江边惜别留恋之情，全文无一个“思”字，却透过写景、画景，描写了离别时的思念之情。

“蓼岸风多橘柚香，江边一望楚天长。”在蓼花盛开的江岸上，橘树和柚树的香气弥漫，即使处在分别的时节，也一样让人心旷神怡，不觉间陶醉。从江边望去，地平线处天空辽阔幽远，瞬间又让人开始惆怅。

“片帆烟际闪孤光。”江边上只能看到一片孤帆，波光粼粼间，血红色的夕阳又映入眼帘，此景映衬着词人孤独的心境，以景催情，以情衬景，进一步抒发了作者的心情。

“目送征鸿飞杳杳，思随流水去茫茫。”此句中点睛之笔为两处叠字，“杳杳”“茫茫”四字，将飞鸟、流水的场景刻画得有声有色，从字里行间流露出离别时对亲人友人的思念。“征鸿”即鸿雁，与“流水”二字对仗工整，也透露出对即将远去的恋人的留恋。

“兰红波碧忆潇湘。”“兰”指木兰花，“波碧”指来年春天，“潇湘”指舜的两位妃子娥皇、女英，代指思绪。意为等到兰花再开，明年江水重绿的时候，我还会像上古贤帝舜思念他的两位妃子一样思念你。

名家点评

〔清〕陈廷焯："片帆"七字，压遍古今词人。又："闪孤光"三字警觉，无一字不秀炼，绝唱也。(《云韶集》)

〔近代〕王国维：昔黄云林赏其"一庭疏雨湿春愁"为古今佳句，余以为不若"片帆烟际闪孤光"尤有境界也。(《人间词话》)

冯延巳

冯延巳（约903—960），一名延嗣，字正中，广陵（今江苏扬州）人。南唐时为秘书郎，累官至中书侍郎拜平章事，出镇抚州。

冯词语言清新，多写男女离情别恨和士大夫的伤感落寞情怀，擅长刻画人物内心活动，在五代词人中与温庭筠、韦庄齐名。有《阳春集》存世。

风乍起，吹皱一池春水

谒金门

五代·冯延巳

风乍起，吹皱一池春水。闲引鸳鸯香径里，手挼红杏蕊。

斗鸭阑干独倚，碧玉搔头斜坠。终日望君君不至，举头闻鹊喜。

注释

谒（yè）：谒金门，词牌名。

乍（zhà）：忽然，突然。

挼（ruó）：本意指揉搓，在文中意为拿着。

斗鸭：古时的一种游戏，以鸭相斗为乐。

简析

这首词写的是独居少妇想念丈夫的情形，从日常生活中无聊的行为描写出无言述说对爱人思念的情形。

先是从“一池春水”写景，轻轻一阵风吹起，让水面泛起涟漪。一个“皱”字，极为形象地刻画了风景。表面上是说水，实际上写情，一片心池莫名波动，说明妇人心中已略有波澜。

接着由池塘的鸳鸯引到妇人手中红杏蕊，描写了贵妇无聊时以逗引鸳鸯为乐。“闲”说明心不在焉，“挼”表现出心不在此。与鸳鸯作乐，也只能聊解寂寞。

倚着雕饰闲看斗鸭的情形，就连玉簪快掉了都没有察觉。和上一句一样，也是描写妇人懒散的情况。目光注视着斗鸭，心思却不知飘到了何处。

“终日望君君不至，举头闻鹊喜。”对心爱的人如望穿秋水般期待，却不知君何时能来。抬头听见喜鹊的叫声，即使以前不在意，却不由得心生喜悦：“说不定我盼望的人儿已经快要到来了呢！”“举头”一句，带出了女主人公对爱人的期待达到了极为深刻的地步，就连平时关注不到的喜鹊叫声，也匆忙去查看，期待之情溢于言表。

名家点评

〔北宋〕马令：元宗尝戏延巳曰：“吹皱一池春水，干卿何事？”延巳曰：“未如陛下‘小楼吹彻玉笙寒’。”元宗悦。(《南唐书》)

〔明〕陈霆：秋晚曲寄《谒金门》，刘伯温作也。首云：“风袅袅，吹绿一庭秋草。”为语亦佳。然即“风乍起，吹皱一池春水”格耳。以二言相较，刘公当退避一舍。(《渚山堂词话》)

砌下落花风起，罗衣特地春寒

清平乐

五代·冯延巳

雨晴烟晚，绿水新池满。双燕飞来垂柳院，小阁画帘高卷。

黄昏独倚朱阑，西南新月眉弯。砌下落花风起，罗衣特地春寒。

注释

朱阑：红色的栏杆。

砌：石阶。

特地：非常，特别。

简析

这首词描写了在春天将逝的时候，一个少妇眼中看到的场景，表现了其因春天逝去而感到孤独寂寞的心情。

“雨晴烟晚，绿水新池满”一句，寥寥数笔勾勒出场景和气候。刚下过雨，夕阳斜照，满池春水，“晴”“晚”“满”写出了妇人眼中的景色，也从另一个角度刻画了主人公敏感、细腻的特点，非常生动形象。

“双燕飞来垂柳院，小阁画帘高卷”一句写出了高高卷起的画帘让妇人能够看到外面的景象，实为倒装句，描写了妇人双眼望去所看到的场景，“双燕”飞舞，触动了她的心弦。“我何时才能像燕子一样成双成对呢？”

“黄昏独倚朱阑，西南新月眉弯。”傍晚一个人倚着栏杆百无聊赖之间，西南方的天空只挂着一弯新月。寂静清冷的晚上，孤苦伶仃地一人独处，此情此景难掩“伤春”本色。

“砌下落花风起，罗衣特地春寒。”石阶下起风了，带着凋零的花瓣，这时候主人公意识到风所带走的温度让她感到些许寒意，其实本来春天温度适宜，倒是晚上孤寂无依的情形让她心底生寒。

背景

冯延巳的这首词出自《花间集》，通过描写生活细微的镜头，再辅以常见的自然景观，表现了别具一格的“花间派”词作特色。

名家点评

〔近代〕俞陛云：纯写春晚之景。“花落春寒”句，论词则秀韵珊珊，窥词意或有忧谗自警之思乎？（《唐五代两宋词选释》）

〔现代〕唐圭璋：此词纯写景物，然景中见人，娇贵可思……通篇俱以景物烘托人情，写法极为高妙。（《唐宋词简释》）

李　煜

李煜（937—978），初名从嘉，字重光，号钟隐、莲峰居士，南唐亡国之君。宋太祖建隆二年（961）嗣位为南唐后主，开宝八年（975）为北宋所灭。太平兴国三年（978）终因不忘故国被宋太宗赐死。

李煜精书法、通音韵，尤以词著称，语言明快生动，感情真挚、风格鲜明。前期作品多为宫廷生活，后期主要表达亡国之痛、故国之思。作品收入《南唐二主词》。

风回小院庭芜绿，柳眼春相续

虞美人

五代·李煜

风回小院庭芜绿，柳眼春相续。凭阑半日独无言，依旧竹声新月似当年。

笙歌未散尊前在，池面冰初解。烛明香暗画楼深，满鬓清霜残雪思难任。

注释

风：指春风。

芜：丛生的杂草。

柳眼：早春时柳树初生的嫩叶。

独：独自，单独。

无言：没有话语。

竹声：春风吹动竹林发出的声响。

新月：初升的月亮。

似当年：和往年差不多。

笙歌：泛指奏乐唱歌，这里指乐曲。尊，酒杯。

池面冰初解：池水冰面初开，指时已初春。

香：熏香。

画楼：指华丽而精美的君室。

思难任（rèn）：忧思令人难以承受。

简析

这是一首抒发伤春怀旧之情的作品。

“风回小院庭芜绿，柳眼春相续。凭阑半日独无言，依旧竹声新月似当年。”春风一吹，小院重回绿意，本是欣欣向荣轻松惬意的氛围，词人却靠着栏杆半天没有一句话，烘托了他对故国之思的追忆心情，本想替自己排解，结果连风吹竹子的声音和新月的照耀都像当年旧景。所见所感中，对往昔的怀恋、对现实的感慨不言而喻。

“笙歌未散尊前在，池面冰初解。烛明香暗画楼深，满鬓清霜残雪思难任。”笙歌未停，酒杯也还在眼前，冬去春来冰面融化，在烛光摇曳下画楼显得分外深沉，词人正值青年却已“满鬓清霜”，其哀怨悲戚何其震人心魄！这句既承接上片引出的对奢华生活的回忆，加深了对现实的不满和愁怨，也将全词感情推向高潮。

全词描写生动，笔触细致，情景交融，由情生景，借伤春以怀旧，借怀旧以发怨，借发怨以显痛苦，结构精妙，意象生动，在感情上十分炽烈，艺术手法上相当成熟，是一篇感人至深的佳作。

背景

宋太祖开宝八年（975），李煜失去属国君主的地位，当了宋王朝的俘虏。宋太祖封他为违命侯，以示惩戒。十月太祖死，太宗即位。十一月，改封李煜为陇西郡公，赐第囚居，两年之间，李煜与旧臣、后妃难得相见，行动言论没有自由，笙歌筵宴都歇，有时贫苦难言。这首词就是在此背景下写成的。

名家点评

〔明〕沈际飞：此亦在汴京忆旧乎？……华疏采会，哀音断绝。(《草堂诗余续集》)

〔近代〕王国维：词至李后主而眼界始大，感慨遂深。(《人间词话》)

深院静，小庭空，断续寒砧断续风

捣练子令

五代·李煜

深院静，小庭空，断续寒砧断续风。无奈夜长人不寐，数声和月到帘栊。

注释

寒砧：亦作“寒碪”。指寒秋的捣衣声。砧，捣衣石。诗词中常用以描写秋景的冷落萧条。

数声：指几声捣衣的声响。

帘栊：挂有帘子的窗户。

简析

暗夜已至，凄凉的院落中依稀能看到一个拖着长袍的身影徐徐而行。空荡的庭院分外寂静幽冷。捣衣的寒砧声伴着月光的抚摸穿进帘栊，仿佛是对远方塞外将士的叹息，也仿佛是对家国濒危的悲痛。长夜漫漫，难以入寐。此刻的幽静是词人的悠悠情怀，惆怅而深远。这首词是南唐后主李煜亡国之后被囚禁于汴京所写，整首词传达出的忧郁与孤寂能为我们所深刻地感受到，那种亡国之后却又无可奈何，寄哀思于月夜赋词之上，来自君主的叹息是这样的沉重。

“深院静，小庭空”此句看似是对庭院空旷寂静的重复描写，但强调的手法在这首基调哀怨的短词之中显得格外的显眼。不仅如此，“深院静”三字是对听觉的反映，“小庭空”则是对视觉的反映，在一定程度上这是对通感手法的化用。如元代剧作家汤显祖曾在牡丹亭中写道："人立小庭深远。""寒砧"正是指捣衣之声，而捣衣之声一直是相思的典故。寒砧与风接踵而来，暗指相思随风而来，心潮也如风一般起伏不定，隐喻着对过去生活的怀恋，同时也反衬出如今被囚禁的不满、无奈与哀伤。在此情此景之下，长夜漫漫而无心睡眠自然是再正常不过了。此下的二句更出色地运用了白描，几声风响，月光洒下，院落踱步而无法入寐，这些景物是这样的平实，但就是这样的手法更让人深感震撼。静默的哀伤就这样在我们的眼前暴露无遗。

背景

开宝八年（975），宋朝灭南唐，李煜亡家败国，肉袒出降，被囚禁待罪于汴京。宋太祖赵匡胤因李煜曾守城相拒，封其为"违命侯"。李煜忍屈负辱地过起了囚徒生活。李煜的词以被俘为界，分为前后两期，后期词作多倾泻失国之痛和去国之思，沉郁哀婉，感人至深。本首词属于李煜后期的作品，写出了词人因寒夜捣衣之声而引起的各种离怀愁绪。

名家点评

〔明〕杨慎：李后主《捣练子》云：（略）。词名《捣练子》，即咏捣练，乃唐词本体也。（《词品》）

〔清〕陈廷焯：古人以词名为题，他本增"秋闺"二字，殊属恶劣。（《云韶集》）

〔现代〕唐圭璋：此首闻砧而作，起两句，叙夜间庭院之寂静。"断续"句叙风送砧声，庭愈空，砧愈响。长夜迢迢，人自难眠，其中心之悲哀，亦可揣知。"无奈"二字，曲笔径转，贯下十二字，四层含意。夜既长，人又不寐，而砧声、月影，复并赴目前，此境凄迷，此情难堪矣。（《唐宋词简释》）

范仲淹

范仲淹（989—1052），字希文，吴县（今属江苏）人。北宋著名的政治家、思想家、军事家、文学家、教育家，世称“范文正公”。官居参知政事、吏部员外郎、权知开封府事等。他工于诗词散文，所作的文章富含政治内容，文辞秀美，气度豁达。有《范文正公集》。

君看一叶舟，出没风波里

江上渔者

北宋・范仲淹

江上往来人，但爱鲈鱼美。
君看一叶舟，出没风波里。

注释

但：只，仅仅。

风波：大风、波浪。

简析

这首诗描写了江上风景，用几句前后对比的诗句，反映了游人的悠闲和渔民的艰难，体现了作者悲天悯人的美好情操。平白的陈述，平淡的描写，平凡的辞藻，却透露出惊险的生活，起伏的命运，异样的情感。上句还在描写灯红酒绿，下句就将民之疾苦用最平实的文字进行述说，触目惊心间达到了极佳的艺术效果。

“江上往来人，但爱鲈鱼美。”江上不断游玩的是什么人呢？不过是些王孙贵族，在游船画舫上饮酒作乐，醉生梦死。熙熙攘攘间，没有留下任何印迹，却只喜欢那江上鲈鱼的肥美，用以满足口腹之欲。

“君看一叶舟，出没风波里。”小小的一叶扁舟，却要与那风浪作对，仅仅是为了提供给游人满足口腹的鲈鱼。一边是悠闲愉悦，一边是惊涛骇浪，端的是对比鲜明。“一叶”将渔船的危险表现了出来，“风波”却道出了生死大险。

全诗无生僻字，无难懂语，却寥寥数语道出了人间疾苦。“往来”对“出没”，一边是怡然自得，一边是生命垂危。上层贵族的生活，是那样的奢华糜烂，而下层人民却冒着生命危险只为了满足贵族的日常。

背景

范仲淹是北宋著名政治家、改革家，其“先天下之忧而忧，后天下之乐而乐”的可贵情怀素为世人推崇。这首诗便是作者在饮酒品鱼、观赏风景时有感于渔民打鱼的艰辛和危险而创作的。

名家点评

〔北宋〕王安石：一世之师，由初起终，名节无疵。(《临川先生集》)

〔南宋〕蔡正孙:《翰府名谈》云:“范希文《赠钓者》诗，实寓深意，不徒作也。”(《诗林广记》)

〔清〕吴乔：范希文《赠钓者》云（诗略）。宁让子美？(《围炉诗画》)

塞下秋来风景异，衡阳雁去无留意

渔家傲·秋思

北宋·范仲淹

塞下秋来风景异，衡阳雁去无留意。四面边声连角起。千嶂里，长烟落日孤城闭。

浊酒一杯家万里，燕然未勒归无计。羌管悠悠霜满地。人不寐，将军白发征夫泪。

注释

塞下：边地，边塞。

衡阳雁去：倒装用法，实应为“雁去衡阳”。相传大雁飞到衡阳便不再南下，衡阳城南有回雁峰。

边声：边塞的肃杀之声，如马嘶、风号之类。

角：古代军中使用的号角。

千嶂：绵延不绝的山峰。

燕然：山名，今蒙古境内杭爱山。

勒：刻石记功。

羌管：羌笛，古代西部少数民族乐器。

简析

这首词描写了浓浓的悲凉气氛，又给人奋发向上的激励之感。

“塞下秋来风景异，衡阳雁去无留意”，点明时间、地点、景物，一个“异”字，吸引住了读者的关注。到底“异”在哪儿呢？原来，就连大雁都不愿意在这荒凉的地方生活，纷纷远去而“无留意”。

“四面边声连角起。千嶂里，长烟落日孤城闭。”一股战云压城的气氛袭面而来。“边声”“长烟”“落日”“孤城”，四个名词勾画出边塞的风景，充满野性和荒凉。整句又让人想起“大漠孤烟直，长河落日圆”的经典画面。

“浊酒一杯家万里，燕然未勒归无计。”边塞的军人饮着浊酒，却难掩思乡之情，可是敌人还未曾击败，又怎能归家团圆呢？该句又让人想起了“匈奴未灭，何以家为”的壮阔，为军人的付出深为动容。

“羌管悠悠霜满地，人不寐，将军白发征夫泪。”末句与上句连接，幽怨的羌笛声中，塞外的大地上布满寒霜，将其当成一片苍凉的白色。夜深了，人还无法入睡，白发将军和远征的军人还在默默流泪。为何流泪呢？词人没有交代，结合南归的大雁和幽怨的羌笛，多半是因为思乡而泣。但因为军人职责所在，国家安全时刻受到威胁，将士们为国家计，也只能在这边塞的孤城里尽忠职守了。

背景

康定元年（1040）至庆历三年（1043），范仲淹任陕西经略副使兼知延州期间，因西夏与北宋长期对峙有感而发，作此词。

名家点评

〔清〕冯金伯：词旨苍凉，多述边镇之苦。欧阳永叔每呼为“穷塞主”，诗非穷不工，乃于词亦云。(《词苑粹编》)

〔清〕沈谦：小令中调有排荡之势者，吴彦高之“南朝千古伤心事”，范希文之“塞下秋来风景异”是也。……于此足悟偷声变律之妙。(《填词杂说》)

苏舜钦

苏舜钦（1008—1048），字子美，号沧浪翁。河南开封人。北宋景祐年间进士，性格坚强，敢于痛陈时弊。

苏舜钦诗歌方面反对时文，喜作古歌诗杂文。诗与梅尧臣齐名，时称“苏梅”，风格雄健豪放，独出机杼。有《苏学士文集》。

浩荡清淮天共流，长风万里送归舟

和淮上遇便风

北宋 · 苏舜钦

浩荡清淮天共流，长风万里送归舟。
应愁晚泊喧卑地，吹入沧溟始自由！

注释

和：酬和。

淮上：淮河上。

便风：顺风。

浩荡清淮：指清澈的江水。浩荡形容江水宽广。

喧卑地：喧闹、低湿之处。

沧溟：代指大海。出自《昭明太子集序》："沧溟之深，不能比其大。"

简析

此诗先写景后抒情，通过浩瀚壮阔的江海景象，展示了诗人宽广的胸怀，又通过描写想象的情形，抒发了诗人狂放不羁的个性。

"浩荡清淮天共流，长风万里送归舟"写景，"共流"两字，写出了江海与天相接，难分彼此，又似与"秋水共长天一色"的诗句有异曲同工之妙，给人充分的想象空间。"万里"是虚指，却表达了诗人豪放的性格和宽广的视野，"长风"二字有"扶摇直上"之意，意味十分深远。整句看来，视角由远至近，由深至浅，非常形象，画面感十足。

"应愁晚泊喧卑地，吹入沧溟始自由！"我那小小的扁舟在江海中随波逐流，却不知今夜要停泊何处。假如泊进了喧嚣的地方，肯定会因此而生愁绪。哪怕要最终远逝大海，却也让我倍感自由。充分表达了诗人志向高清、曲高和寡而又不愿与普罗同流合污的性格。即使无处归去，却宁愿"吹入沧溟"而不愿"晚泊喧卑"，非常形象地刻画了诗人的胸怀。欲扬先抑，一个"愁"字，写出了情绪，一个"始"字，又抒发了胸怀。

背景

本诗为诗人泛舟逐流而上，见到江水和顺风，一时快意而作。

名家点评

〔当代〕张鸣：第三句“应愁晚泊喧卑地”，此句是前两句乘“便风”的快意带出的遐想，此时乘风快行舟，令人十分畅快，要是到了喧嚣的低洼潮湿的地方，多么令人沮丧忧愁啊！末句“吹入沧溟始自由”写得很好，船如在黑夜停于喧闹或潮湿的地方，不如被风吹入浩瀚的海洋，那里才是人们向往的自由王国。极富启发和象征意义，表达出诗人清白、高远的思想，抒发了作者想冲出喧嚣的朝城，背负青天做逍遥游的情怀。(《宋诗选》)

司马光

司马光（1019—1086），字君实，陕州夏县（今山西夏县）人。家居涑水乡，世称涑水先生。历官御史中丞、宰相等。北宋著名史学家。有《资治通鉴》《司马文正公文集》《稽古录》等。

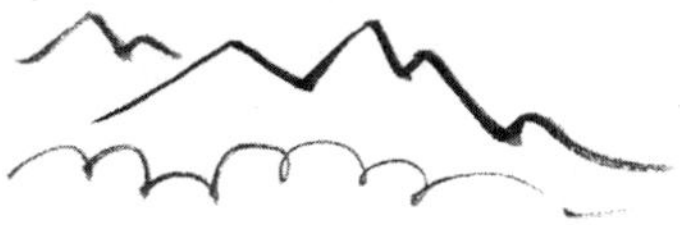

更无柳絮因风起，惟有葵花向日倾

客中初夏

北宋·司马光

四月清和雨乍晴，南山当户转分明。
更无柳絮因风起，惟有葵花向日倾。

注释

客中：指作客异乡，旅居外地。

清和：清明和暖。

当户：对着窗户。

柳絮因风起：东晋才女谢道韫曾作《咏柳》句：未若柳絮因风起。

简析

本诗通过描写景，转而抒发情，暗地里透露出对时局的不满，却又表达了自己不愿拍马奉承的心态。整诗无华丽描写，无堂皇叙述，却通过平淡的语句，点明了主题，升华了主旨。

“四月清和雨乍晴，南山当户转分明”，平铺直叙，几无修饰，却又清楚明白。“四月”点明了时间，“清和”点明了气候，“南山”点明了地点，“雨乍晴”“转分明”却又升华了印象。

“更无柳絮因风起，惟有葵花向日倾”，看似写景，实在抒情。没有随风飘荡的柳絮，只有向着太阳的葵花。柳絮历来象征轻浮，轻飘没有着落也无根基，人云亦云。葵花则只对着太阳，意为对真理和正道的追寻。前半句借用谢道韫的“未若柳絮因风起”一句，看似借典，实则写实，描写了朝廷中的景象。而诗人却将自己比作“葵花”，即使“柳絮”势大，仍然怀着“向日倾”的高尚情操，不愿同流合污。

通过托物抒情，把诗人的心态与志向清楚分明地进行了表达和升华，没有古板的说教，没有阿谀的言辞，平淡间显示出真功夫、真性情、真志向。

背景

本词作于1070年，王安石变法第二年，司马光因反对变法被贬出京，退居洛阳。此诗作于当时，暗示了对当局的不满。

名家点评

〔北宋〕苏轼：其文如金玉谷帛药石也，必有适于用，无益之文，未尝一语及之。(《东坡全集》)

〔明〕孙承恩：熙宁谏诤，忠谠切深。元祐相业，旋乾转坤。行成无伪，学几不杂。一德醇儒，百年清节。(《文简卷》)

王安石

王安石（1021—1086），字介甫，号半山。北宋临川盐阜岭人（今属江西省抚州市）。初封为舒国公，后又改封荆国公，世人称“王荆公”。官至丞相，北宋新党领袖。

中国历史上杰出的政治家、思想家、文学家、改革家，唐宋八大家之一。王安石诗文言简意赅、条理分明，形成锋利峭拔的艺术风格。有《王临川集》《临川集拾遗》等存世。

爆竹声中一岁除，春风送暖入屠苏

元日

北宋·王安石

爆竹声中一岁除，春风送暖入屠苏。
千门万户曈曈日，总把新桃换旧符。

注释

元日：即农历正月初一。

屠苏：古时过年要饮的一种酒。

曈曈：太阳初升时的朝霞之光。

新桃：新的桃符。古代习俗将神像刻画于桃木板上，正月初一悬于门户。

简析

此诗作于王安石正欲一展抱负之际，将除夕、春节的情形描绘得有声有色，又让人感到诗人胸中一片开阔，广大天地，四处可往，大千事业，皆可做得。

“爆竹声中”，耳中仿佛听到了除夕当日的喧嚣，就在这样的热闹之中，一年过去了。在清冷的春风中，人们开心地饮着新酿的屠苏酒。“除”代表去旧，“屠苏”代表迎新，两句诗无一字描述新旧，却处处透露着新旧之分。“送暖”也表示着此温暖是由人所带来，意指变法最终要达到的效果。

“千门万户曈曈日，总把新桃换旧符。”家家户户都被艳阳所照，人们在新的一年里快乐地将旧春联换下，又把新桃符安在门上。此句用了比喻手法，“曈曈”形容阳光照耀的样子，尽管与实际景象不符，冬日的阳光很难热烈，但是依然让千家万户变得明亮，比喻国家的政策将给百姓带来光明。后一句形容的是一种动作，一种替换旧势力、彰显新力量的行为，也暗示着诗人的野心与抱负，将不断地以“曈曈”为目标，向着自身的远大理想而不断迈进。

背景

此诗作成于王安石刚当上宰相正欲一展抱负之际，有感于变法的新气象，而成此诗。

名家点评

〔北宋〕张舜民：王介甫（诗）如空中之音，相中之色，欲有寻绎，不可得矣。(《宾退录》)

〔明〕王相：此诗自况其初拜相时，得君行政，除旧布新，而始行己之政令也。(《七言千家诗注》)

苏 轼

苏轼（1037—1101），字子瞻，号东坡居士。眉州眉山（今四川眉山）人。嘉祐二年（1057）进士，曾任凤翔府签判、密州知州、湖州知州、翰林学士、礼部尚书、兵部尚书等职。

苏轼与辛弃疾同为豪放词代表，并称“苏辛”，与黄庭坚并称“苏黄”。其诗词题材广阔，清新豪健，善用夸张比喻，独具风格，诗文集有《苏东坡集》《苏轼文集》《苏轼诗集》，词集有《东坡乐府》。《全宋词》收其词约350首。

我欲乘风归去，又恐琼楼玉宇

水调歌头

北宋·苏轼

丙辰中秋，欢饮达旦，大醉。作此篇，兼怀子由。

明月几时有？把酒问青天。不知天上宫阙，今夕是何年。我欲乘风归去，又恐琼楼玉宇，高处不胜寒。起舞弄清影，何似在人间。

转朱阁，低绮户，照无眠。不应有恨，何事长向别时圆？人有悲欢离合，月有阴晴圆缺，此事古难全。但愿人长久，千里共婵娟。

注释

子由：苏辙，苏轼三弟。

阙（què）：宫殿。

婵娟：此处指代月亮。

简析

这是一首家喻户晓的咏月词，表达了词人豪迈、宽广的气度与胸怀，咏月中带着对人间的追忆与怀念，以景喻情，以情寄思。

“明月几时有？把酒问青天。”开头一句问句，带出了全词的基调，月亮什么时候有的呢？不期待回答，既然古已有之，不如及时饮酒作乐。

“不知天上宫阙，今夕是何年。”用“不知”来呼应上句的问句，也让词人的思绪飘到了九天之外，因酒醉而变得放荡不羁，甚至敢于觊觎天上光景。

“我欲乘风归去，又恐琼楼玉宇，高处不胜寒。”在夜晚时分，风轻轻，酒陶陶，让人不觉间有了“乘风归去”的归隐想法，然而这一想法才浮上心头，又被“不胜寒”的现实所提醒。

“起舞弄清影，何似在人间。”从上句延续，“琼楼玉宇”的高台楼阁中，举动均不食人间烟火，又怎能与人间的潇洒自如相媲美，表达了作者积极乐观向上的心境。

“转朱阁，低绮户，照无眠。不应有恨，何事长向别时圆？”一句，似有消极之意，在琐碎中难以睡眠，却忽然意识到“不应有恨”，为什么月亮偏要在人离别的时候浑圆呢？

“人有悲欢离合，月有阴晴圆缺，此事古难全。但愿人长久，千里共婵娟。”人的别离，月的圆缺，让词人意识到，这种缺憾是亘古不变的，于是寄希望于“但愿人长久”，在同一片月色下永趋美好。

背景

此词作于宋熙宁九年（1076），作者因与王安石政见不同，自请外放为官。当年中秋，在密州任知府，在与三弟分别七年后未得团聚，乘酒醉之时写得此篇。

名家点评

〔南宋〕蔡绦：文章人物，诚千载一时，后世安所得乎?（《铁围山丛谈》）

〔南宋〕胡寅：一洗绮罗香泽之态，摆脱绸缪宛转之度，使人登高望远，举首而歌，而逸怀浩气，超然乎尘垢之外。（《酒边词序》）

〔近代〕王国维：东坡之《水调歌头》，则伫兴之作，格高千古，不能以常调论也。（《人间词话》）

回首向来萧瑟处，归去，也无风雨也无晴

定风波

北宋·苏轼

三月七日，沙湖道中遇雨。雨具先去，同行皆狼狈，余独不觉。已而遂晴，故作此。

莫听穿林打叶声，何妨吟啸且徐行。竹杖芒鞋轻胜马，谁怕？一蓑烟雨任平生。

料峭春风吹酒醒，微冷，山头斜照却相迎。回首向来萧瑟处，归去，也无风雨也无晴。

注释

吟啸：吟唱、长啸。

竹杖芒鞋：竹拐杖、芒草鞋。

料峭：清冷的气候。

萧瑟：指风雨吹打树叶的样子。

简析

此词描写了一件道中遇雨的小事，反映了词人历经磨难后，心境豁然开朗的状态，同时又向命运发出挑战，全文充满哲理，意味深长。

“莫听穿林打叶声，何妨吟啸且徐行。”“穿林打叶”的是滂沱大雨，形容雨的凶猛，却被词人“莫听”二字轻轻带过。在如此恶劣的天候下，词人却“吟啸”“徐行”，浑然不把大雨放在眼里，表现了心态的超脱。

“竹杖芒鞋轻胜马，谁怕？一蓑烟雨任平生。”一根竹杖，一双草鞋，带给我的感受就像纵横驰骋在马背上那样轻松欢快，这样的雨天又怎能够让我害怕呢？一个“谁怕”的问句，问出了豪放，吼出了心声。大雨在我眼中不过是“烟雨”一样，只能让心情更加舒畅，“任平生”意为不在乎，那就让风雨来得更猛烈些吧！

“料峭春风吹酒醒，微冷，山头斜照却相迎。”微微的春风吹得词人酒意略醒，不觉间感到有些冷，可是阳光却斜照在了山头上，让他感到温暖。一冷一暖的对比，翔实地记叙了所处的情形，却又富有别样的韵味。

“回首向来萧瑟处，归去，也无风雨也无晴。”从来时的路看，即使“萧瑟”，却也只能让人心生“归去”之意，大雨也罢，晴日也好，都不会影响作者的心境。

背景

本词作于宋元丰五年（1082），苏轼因“乌台诗案”被贬黄州的第三年。作者回想几年前自己官场失意，心境逐渐放平，于是作此词。

名家点评

〔近代〕郑文焯：此足徵是翁坦荡之怀，任天而动。琢句亦瘦逸，能道眼前景。以曲笔直写胸臆，倚声能事尽之矣。(《手批东坡乐府》)

朱敦儒

朱敦儒（1081—1159），字希真，号岩壑，人称洛川先生。河南府洛阳（今属洛阳）人。官居兵部郎中、临安府通判、两浙东路提点刑狱等职。

朱敦儒诗词婉丽清畅，有“词俊”之名，与“诗俊”陈与义等并称为“洛中八俊”。有词集《樵歌》。

曾批给雨支风券，累上留云借月章

鹧鸪天·西都作

宋·朱敦儒

我是清都山水郎，天教分付与疏狂。曾批给雨支风券，累上留云借月章。

诗万首，酒千觞。几曾着眼看侯王？玉楼金阙慵归去，且插梅花醉洛阳。

注释

西都：洛阳为宋朝西京，故称西都。

清都：传说中天帝居住的地方。

山水郎：传说中专司山水的天官。

疏狂：狂放、豪迈。

累：数次，多次。

觞：盛酒器。

慵：懒散。

简析

本词通过狂放不羁的口吻、极度夸张的辞藻，写出了看破世事、归隐山林的心境，抒发了词人的胸怀和理想。

“我是清都山水郎，天教分付与疏狂。”上阕写虚，通过夸张的语句，写出“我”是由上天所任命的专司山水的天官，连上天都“分付”要“疏狂”，怎么能让人不心生向往？用词用语可见一斑。

“曾批给雨支风券，累上留云借月章。”对仗工整的一句，将上句中虚拟的官职的真实功用，通过叙述描写得非常详细。“曾”对“累”，“给雨”对“留云”，动词、名词的用法非常考究，充分表现了词人扎实又富有想象力的文字功底。

“诗万首，酒千觞。几曾着眼看侯王？”下阕写实，“万”“千”无疑都是夸张的描述，但结合下句“几曾着眼看侯王”，却又显得那么值得信服。“几曾”带着藐视，“着眼”代表高傲，将词人的狂放描写得淋漓尽致。

“玉楼金阙慵归去，且插梅花醉洛阳。”“慵”写懒散，用不经意的一个字写出来词人的心境。“醉”写豪情，用不逢迎的姿态表达心扉，两句勾勒出一个狂生形象，却又情有可原。

背景

本词作者朱敦儒性格狂放不受约束，曾受宋钦宗所召见，敦儒辞曰：“麋鹿之性，自乐闲旷，爵禄非所愿也。”固辞不受。这首词作于他从京师返回洛阳路上。

名家点评

〔南宋〕周必大：朱希真诗词，独步一世，致仕居嘉禾，秦丞相欲令希真教秦伯阳作诗，遂落致仕，除鸿胪少卿，盖久废之官也。蜀人武横作诗讥之：“少室山人久挂冠，不知何事到长安。如何纵插梅花醉，未必王侯着眼看。”(《二老堂诗话》)

〔南宋〕黄升：以词章擅名，天资旷远。(《绝妙词选》)

〔现代〕吴世昌：自然纯熟，古今罕匹。(《词林新话》)

李清照

李清照（1084—1155），自号易安居士。齐州章丘（今属山东省济南市）人。早期生活优裕，与夫赵明诚共同致力于书画金石的搜集整理。金兵入据中原，流寓南方，明诚病死，境遇孤苦。

李清照是宋代著名女词人，婉约派代表，所作词，前期多写其悠闲生活，后期多悲叹身世，情调感伤，也流露出对中原的怀念。其语言平易清新而内蕴丰富，形成独具特色的“易安体”。《全宋词》收其词50余首。

昨夜雨疏风骤，浓睡不消残酒

如梦令

宋·李清照

昨夜雨疏风骤，浓睡不消残酒。试问卷帘人，却道海棠依旧。知否，知否？应是绿肥红瘦。

注释

残酒：指隔夜酒。

卷帘人：此处有争议，有说指其夫赵明诚，也有说指侍女。

知否：疑问词，意为“知道吗？”

绿肥红瘦：形容海棠凋落，花少叶多的样子。

简析

这首词描写了李清照早年的优越生活，饮酒醉去间，外面风景仍然怡人，短短数十字，描绘了场景、对话、色彩、风景，将春日逝去的情形描写得生动形象。

“昨夜雨疏风骤，浓睡不消残酒。”一场将逝的春雨，用“雨疏风骤”四字描写得跃然纸上，文笔功力让人叹服。“浓睡”一句又点明了背景，透露出词人的生活场景。

“试问卷帘人，却道海棠依旧”一句描写了一场对话，“海棠依旧”是侍女的回答，春天仿佛还在眼前，不如此，你看那海棠不是还像平时一样绽放吗？也许词人问的是“春天走远了吗？”谁知却被粗心侍女的回答所莞尔。

“知否，知否？应是绿肥红瘦”，词人忍不住反驳，花谢了，叶还在，明明春天已经逝去了呀。“肥”“瘦”说明了花的姿态，“绿”“红”解释了花的现状，短短四个字有景有色，将眼前景象描绘得淋漓尽致。

其实这首词还蕴含着另一层意思，为何昨夜“浓睡”？难道真的是因为“残酒”吗？不，也许是不忍看到眼前的春意在眼前消逝，忍不住灌醉自己，醒来第一件事还要询问春的去向，一个爱花惜春之人的形象就十分生动地树立了起来。

背景

此词作于李清照早期，由于词句轻松愉快，也格外脍炙人口，因刻画人物心境，尤其是以“绿肥红瘦”流传甚广。

名家点评

〔南宋〕陈郁：李易安工造语，《如梦令》“绿肥红瘦”之句，天下称之。(《藏一化腴》)

〔明〕沈际飞：“知否”二字，叠得可味。“绿肥红瘦”创获自妇人，大奇。(《草堂诗余正集》)

〔清〕黄苏：一问极有情，答以“依旧”，答得极澹，跌出“知否”二句来。而“绿肥红瘦”，无限凄婉，却又妙在含蓄。短幅中藏无数曲折，自是圣于词者。(《蓼园词选》)

三杯两盏淡酒，怎敌他，晚来风急

声声慢

宋·李清照

寻寻觅觅，冷冷清清，凄凄惨惨戚戚。乍暖还寒时候，最难将息。三杯两盏淡酒，怎敌他，晚来风急？雁过也，正伤心，却是旧时相识。

满地黄花堆积。憔悴损，如今有谁堪摘？守着窗儿，独自怎生得黑？梧桐更兼细雨，到黄昏，点点滴滴。这次第，怎一个愁字了得！

注释

戚戚：形容凄凉、悲哀、苦闷的样子。

得黑：到天黑。

次第：时节，光景。

简析

李清照这首词作于国家覆灭、丈夫身死之后，自己孤苦伶仃间失去了所有依靠，心境也因此变得凄苦不堪，整首词透露出这种孤单无依的感觉。

“寻寻觅觅，冷冷清清，凄凄惨惨戚戚。”一连串的七个叠字，道出了寻觅、彷徨、寂寞、凄凉、悲哀等多种情绪，不仅形象，而且生动，切声切韵又合景，读起来连串得就像在吟唱，堪称绝妙。

“乍暖还寒时候，最难将息”一句，述说了季节转换时短暂的冷暖变换，这时候忽冷忽暖间让人无所适从，也倍增难过。“乍暖还寒”四个字，将季节的转接描写得十分巧妙，又有“将息”二字写出了诗人的处境。

“三杯两盏淡酒，怎敌他，晚来风急？雁过也，正伤心，却是旧时相识。”难过间斟上几杯酒饮尽才觉得晚风吹动心扉，吹寒心境。大雁飞过，却再也带不回旧人所寄托的相思，更增悲哀。

“满地黄花堆积。憔悴损，如今有谁堪摘？”风过去了，落花满地，是不是我也最终像这落花一般无声逝去呢？词人这样想，连花瓣都因此失色，又有什么值得人留恋的呢？

“守着窗儿，独自怎生得黑？梧桐更兼细雨，到黄昏，点点滴滴。”自己一个人站在窗边，这悲哀的心情不断纠缠，让时间变得缓慢，仿佛再也等不到黑夜。雨水敲打着梧桐，一直到傍晚，淅淅沥沥间又让人烦闷。

“这次第，怎一个愁字了得！”如此情景，让词人的哀意更浓，寂寥更甚，一个“愁”字道尽千言万语。

背景

本词创作时间不详，可从词中语句得知至少作成于宋朝南渡、丈夫明诚去世之后。由于家国皆亡，导致李清照心情苦闷、孤苦无依，同时也造就了这首传世经典。

名家点评

〔南宋〕罗大经：起头连叠七字。以一妇人，乃能创意出奇如此。(《鹤林玉露》)

〔明〕杨慎：山谷所谓以故为新，以俗为雅者，易安先得之矣。(《词品》)

〔明〕陆云龙：连下叠字无迹，能手。“黑”字妙绝。(《词菁》)

〔清〕沈谦：予少时和唐宋词三百阕，独不敢次“寻寻觅觅”一篇，恐为妇人所笑。(《填词杂说》)

陆　游

陆游（1125—1210），字务观，号放翁，越州山阴（今浙江绍兴）人。历任福州宁德县主簿、隆兴府通判等职。由于力主抗金，遭到守旧派排挤。中年后入蜀，任蜀帅范成大参议，晚年闲居山阴老家，临终仍惦念国家统一。

陆游一生著述丰富，有九千余首诗词传世，辑为《剑南诗稿》，另有《渭南文集》《老学庵笔记》等。

楼船夜雪瓜洲渡，铁马秋风大散关

书愤

南宋 · 陆游

早岁那知世事艰，中原北望气如山。
楼船夜雪瓜洲渡，铁马秋风大散关。
塞上长城空自许，镜中衰鬓已先斑。
出师一表真名世，千载谁堪伯仲间。

注释

早岁：早年，指自己年轻的时候。

气：指气概。

斑：斑白，形容头发花白的样子。

伯仲：古时兄称伯，弟称仲，此处指相差不多。

简析

这首诗描写了诗人即使处于暮年，也依然怀念着北方的故土，壮年时经历的一切还历历在目，却只能在年华的消逝中抒发着悲愤与感慨。

“早岁那知世事艰，中原北望气如山”一句描写了诗人曾经意气风发，少不更事，现在却只能翘首“北望”，那伫立在天地间静默着的江山，似乎已成为永恒。

“楼船夜雪瓜洲渡，铁马秋风大散关”一句，写出了年轻时的战斗生活场景，无论是船上还是马上，都那么让人怀念，雪地凛冽，关隘陡然，如今都已成空。

“塞上长城空自许，镜中衰鬓已先斑。”塞外的长城依然存在，可是诗人却已逐渐老去，只能不断哀叹，不断怨怼，却换不回早逝的年华空留，两鬓的华发。“塞上长城”也有一说指人，以长城来指戍守边疆的将领。“空”对“已”，两种场景，一样国愁，哪怕再坚固的关隘也守不住已失的江山，哪怕再强烈的壮志也敌不过流失的时间。

“出师一表真名世，千载谁堪伯仲间。”想当年诸葛武侯的《出师表》流传千古，留下了他的雄心壮志，永远被后人所称颂。可是千年以来，又有谁能与之相提并论呢？时无英雄，收复故土遥不可期，诗人也只能空自悲切。

背景

本诗约创作于南宋淳熙十三年（1186）陆游在家乡山阴居住的时候，时年已62岁。虽已被罢官六年，但面对破碎的家国、涂炭的江山，诗人悲愤、郁结之情不由喷薄而出。

名家点评

〔清〕李慈铭：全首浑成，风格高健，置之老杜集中，直无愧色。(《越缦堂诗话》)

〔近代〕王文儒：忠义奋发，直以开侯自命，不知南宋斯时，君臣耽于宴安，弱势已臻极点，虽有武侯其将如之何？(《宋诗评注读本》)

夜阑卧听风吹雨，铁马冰河入梦来

十一月四日风雨大作

南宋·陆游

僵卧孤村不自哀，尚思为国戍轮台。
夜阑卧听风吹雨，铁马冰河入梦来。

注释

僵卧：形容年老人无助地躺着。

轮台：地名，现新疆境内，泛指北方边境。

夜阑：夜晚，夜深。

铁马冰河：指北方作战的场景。

简析

本诗描写出了一幅“烈士暮年，壮心不已”的情形，表达了诗人爱国爱家的高尚情操，也进一步抒发了诗人为国奉献的高清品德。

“僵卧孤村不自哀，尚思为国戍轮台”一句，通过“僵卧”描写了诗人的身体和现状，“孤村”写出了凄凉清冷孤独的场景，压抑了整诗基调，让人似乎看到一个孤独衰病的老人。随之就是“不自哀”，表达了诗人不因此而感到颓丧，瞬间拔高了立意。“尚思”可以理解为即使我像一个老头子一样瘫躺在床上，可是我的壮志却丝毫未受到影响，还想像以前一样为国奉献。

“夜阑卧听风吹雨，铁马冰河入梦来”一句，“风吹雨”似乎描写了风雨飘摇的情形，又似乎比喻当朝时局，局势已经恶化到无以复加的地步。“入梦来”进一步抒发了壮志，表达了激荡、进取的精神。夜深了，我独自一人躺着，即使身体已衰，年纪已长，却丝毫不会削弱我的雄心。“铁马冰河”描写了北方军旅场景，表达了对兵强马壮的国家军队的期望，也通过“梦”字写出了无奈与悲哀。

背景

本诗作于南宋绍熙三年（1192），陆游时年已68岁，在山阴家中闲居。虽然人老体弱，但仍然迸发出强烈的爱国之情，甚至在梦中也依然忘不了为国战斗，收复失地。

名家点评

〔清〕赵翼：清空一气，明白如话。……朝廷之上，无不以划疆守盟、息事宁人为上策，而放翁独以复仇雪耻，长篇短咏，寓其悲愤。(《瓯北诗话》)

〔近代〕冯煦：剑南屏除纤绝，独往独来，其逋峭沉郁之概，求之有宋诸家，无可方比。(《宋六十家词选》)

已是黄昏独自愁，更著风和雨

卜算子·咏梅

南宋·陆游

驿外断桥边，寂寞开无主。已是黄昏独自愁，更著风和雨。
无意苦争春，一任群芳妒。零落成泥碾作尘，只有香如故。

注释

驿：驿站。

更著：又加上。

一任：放任，听凭。

简析

这首词通过晦暗的场景描写，表达了诗人激愤、哀伤的心情，又通过尾句升华了心境，有一种“粉身碎骨全不怕，要留清白在人间”的即视感。

“驿外断桥边，寂寞开无主。”平淡间描写了梅花开放的场景，“驿外”“断桥”“无主”，将梅花的凄凉、孤独平实地叙述。又通过“寂寞”二字，写出了无所去往、孤独无依的感觉。

“已是黄昏独自愁，更著风和雨。”推进了场景立意。本就已经处于“独自愁”的境地，还遭遇了“风和雨”，将梅花的处境进一步恶化。

“无意苦争春，一任群芳妒”，梅花无意与春天的群芳争艳斗宠，任凭众花排斥与嫉妒。“苦”写出了挣扎，“妒”写出了遭遇。整句又表达了诗人本身的志向和情操，没有追逐名利的想法，却又不由得遭人记恨。

“零落成泥碾作尘，只有香如故”是点题之笔。即使因境遇恶化到成“泥”成“尘”，也不改自身本色。“成”“碾”二字写出了恶劣的境遇，可是却仍然“香如故”，丝毫未受外界影响，进一步抒发了诗人强烈的感情，述说了清白与暗香的高尚。

背景

陆游一生爱梅，常以梅自况，即使在多次被贬之后，爱国之心仍不减当年。“零落成泥碾作尘，只有香如故”是他真实心境的写照。

名家点评

〔明〕卓人月：末句想见劲节。(《古今词统》)

〔明〕沈济飞：排涤陈言，大为梅誉。(《草堂诗余·续集》)

〔明〕钱允治：言梅虽零落，而香不替如初，岂群芳所能妒乎？(《类编笺释续选草堂诗余》)

朱 熹

朱熹（1130—1200），字元晦，号晦庵，晚号晦翁，别称紫阳。徽州婺源（今属江西）人，后迁至建阳（今属福建）。南宋著名理学家、思想家、哲学家、教育家和文学家，世称朱子，是孔孟之后杰出的儒学大师。

朱熹著述丰富，其诗文多从寻常自然景象中感悟哲理，富有理趣，风格净秀。有《晦庵先生文集》等。

等闲识得东风面，万紫千红总是春

春日

南宋 · 朱熹

胜日寻芳泗水滨，无边光景一时新。
等闲识得东风面，万紫千红总是春。

注释

胜日：指天气晴朗的日子。

泗水：山东省境内的一条河。

等闲：寻常。

简析

这是一首咏春作品，描写了春天万物复苏的场景，同时又寄托了诗人对“大道”的追寻，并寄予了极深的期望。

“胜日寻芳泗水滨，无边光景一时新。”诗人带着“寻芳”的心情而来，不觉间在水滨看到了一片生意盎然的“无边光景”，顿时心潮澎湃，不觉间为春天的风光所打动。“一时”两字描写了春天的景，好像瞬间涌出了无边春色，又好像这“新”是浑然天成，充满自然、洒脱的意味。

“等闲识得东风面，万紫千红总是春。”这轻柔的春风给大地带来一片生机，又让花草不断绽放。从春风的无声润物，联想到红绿间蕴含着的春意，让诗人不禁感叹：“这就是春天啊！”“等闲”二字，写得轻巧，读着也愉悦，却将春天那不声不响的情形描绘了出来，使人们从天地、花草、万物中领略春天的真谛。

全诗似乎蕴含着一种不容质疑的哲理：总有一种让人无法忘怀的永恒在万物的背后默默地运行着。“春风”暗喻这种规律和真理，无声之间推动着万物的生长。

背景

这首诗作于南宋，彼时泗水尚为金人占据，因此作者并未亲身到达此地，由此也可以看出朱熹的别样情怀。

名家点评

〔清〕洪力行：渊明延目清沂，先生寻芳泗水，皆有“圣贤去人，其间亦迩”意思。徙解作流连光景，尚未识此中真趣也。如何唤做春风面？曰：“动植各生遂，德容自清温。”(《朱子可闻诗集》)

辛弃疾

辛弃疾（1140—1207），字幼安，号稼轩，历城（今山东济南）人。早年率众抗金，曾生擒叛徒张安国南归。后历任建康通判、江阴签判、浙东安抚使和镇江知府等职，不久被弹劾，郁郁而终。

辛弃疾与苏轼合称“苏辛”，与李清照并称“济南二安”。其词艺术风格多样，以豪放为主，风格沉雄豪迈又不乏细腻柔媚之处。词中多表现希望国家统一的爱国热情，倾诉壮志难酬的悲愤，对当时执政者的屈辱求和颇多谴责。有词集《稼轩长短句》，现存词600多首。

东风夜放花千树，更吹落，星如雨

青玉案·元夕

南宋·辛弃疾

东风夜放花千树，更吹落，星如雨。宝马雕车香满路，凤箫声动，玉壶光转，一夜鱼龙舞。

蛾儿雪柳黄金缕，笑语盈盈暗香去。众里寻他千百度，蓦然回首，那人却在，灯火阑珊处。

注释

元夕：农历正月十五，即元宵节。

花千树：指元宵之夜的焰火。

星如雨：形容烟花、火焰的样子。

宝马雕车：装饰华美的马车。

凤箫：对箫的美称。

玉壶：指明月。

蛾儿、雪柳、黄金缕：指当时妇人的装饰品。

阑珊：指灯光稀疏零落的样子。

简析

本词流传极广，极度婉约，描写的上元节的情形，表达了词人的高远志向，自甘清白的独特想法。

“东风夜放花千树。更吹落，星如雨”，描写上元节的景，“东风”“花”“星”都是比喻，形容就像一夜春风一样，全城开遍由焰火构成的花海。几个名词皆为虚指，非常富有想象力。

“宝马雕车香满路，凤箫声动，玉壶光转，一夜鱼龙舞。”一句描述，有声、有味、有动、有静，将元宵之夜的场景用极为富丽堂皇的语言进行描述，辞藻华丽之至。“香”是动词用法，我们透过文字好像能跨越千年感受到上元节的繁华。“动”“转”则形象地将声音和光彩通过两个动词表现了出来，似乎当时的音乐浓得洋溢到空气之中，光照也随着音乐起舞，跟着转动。

“蛾儿雪柳黄金缕，笑语盈盈暗香去。”此句写人，用几个典故用语形容美女贵妇的端庄雅丽，让人心扉摇动。

“众里寻他千百度，蓦然回首，那人却在，灯火阑珊处。”此句为绝世名言。通过“寻他”的铺垫，通过“蓦然”的转折，通过“却在”的延伸，勾勒出一幅寻人场景，又似述说自己的一段历程，哲理意味浓厚。

背景

本词约作于乾道七年（1171），当适时，强敌北伺，内忧外患期间，执政者仍然花天酒地、不知进取，辛弃疾任临安司农主簿，政治失意，不被重用，为此时局心忧如焚却无法改变现状，内心苦闷的情况下作下此词。

名家点评

〔清〕彭孙遹：秦周之佳境也。(《金粟词话》)

〔清〕谭献：稼轩心胸发其才气，改之而下则犷。起二句赋色瑰异，收处和婉。(《谭评词辨》)

〔近代〕梁启超：自怜幽独，伤心人别有怀抱。(《艺蘅馆词选》)

叶绍翁

叶绍翁（1194—？），字嗣宗，号靖毅。本姓李，家道中落，后嗣于龙泉（今属浙江丽水）叶氏。曾任朝廷小官，后弃官卜居西湖。

叶绍翁是南宋江湖诗派代表人物，诗以七言绝句最佳。有《四朝闻见录》《靖毅小稿》。

萧萧梧叶送寒声，江上秋风动客情

夜书所见

南宋 · 叶绍翁

萧萧梧叶送寒声，江上秋风动客情。
知有儿童挑促织，夜深篱落一灯明。

注释

萧萧：形容风声。

促织：即蟋蟀，儿童通过斗蟋蟀来玩乐。

篱落：篱笆。

简析

本诗通过简明地描写场景，隐约中透出对故乡的思念，文意不在深厚，而在立意，以景生情，以形抒情。

“萧萧梧叶送寒声，江上秋风动客情。”不断落下的树叶带来寒风的声音，江上秋风吹动，让身在异乡的客人不觉间动情。“萧萧”二字烘托了气氛，在萧索的秋风中，由寒风送来的冷意，让人不由自主地怀念家乡。“送”“动”二字，形象地表达了秋天的到来，又带有几许新意，让人不觉间意动。“寒风”本无声，因“客情”而变得有了声响，形象地刻画了旅人客居他乡的内心感受。

“知有儿童挑促织，夜深篱落一灯明。”天真烂漫的儿童挑逗着促织，深夜里远处的院落隐约能看见一处灯光。本来儿童玩乐的场景应该让人感到温馨，诗人却反其意而用之，故意借着这个场景，烘托出远处夜深、寂静、昏暗的场景，通过这种形式，更加衬托了离子思乡的愁绪。景色描写由近至远，层次感强烈，又借着“一灯明”遥喻远在千里的故乡，在黑暗的环境中照耀着自己的归途，让人心生思绪，乡愁更浓。

名家点评

〔清〕陈廷焯：以无知儿女之乐，反衬出有心人之苦，最为入妙。(《白雨斋词话》)

〔现代〕钱钟书：这种景象就是姜夔《齐天乐》咏蟋蟀所谓：“笑篱落呼灯，世间儿女。”(《宋词选注》)

文天祥

文天祥（1236—1282），字宋瑞、履善，号文山，吉州庐陵（今江西吉安）人。南宋理宗宝祐四年（1256）状元。著名抗元英雄、诗人。恭帝德祐元年，元兵南侵，文天祥在家乡起兵勤王，兵败被俘，坚韧不屈，从容就义。文天祥诗文多抒爱国之情，慷慨激昂。留有《文山先生全集》等。

几日随风北海游，回从扬子大江头

扬子江

南宋・文天祥

几日随风北海游，回从扬子大江头。
臣心一片磁针石，不指南方不肯休。

注释

扬子江：长江。

几日：文天祥任丞相时被元军扣留多日。

北海：指长江口以北的海面。

回从：假意顺从。

磁针石：指南针。

南方：南宋政权所在地。

简析

诗人运用比兴的手法，形象地描述了他出生入死、惊心动魄的归乡之旅，表达了坚定的爱国之情。

“几日随风北海游，回从扬子大江头。”诗人被敌国所囚，尽管生命垂危，却依然轻描淡写地说“随风北海游”，表达了诗人不惧威胁，早把生死置之度外的高尚情操。“回从”一句也同样平铺直叙，不带有感情色彩，却因为扬子江是国家领地，让人觉得坦然之情跃然纸上。

“臣心一片磁针石，不指南方不肯休。”承接上句，将自己的爱国之心比作磁石，时刻挂念着国家而没有丝毫放松，让人肃然起敬。“不肯休”三个字看似寻常，却分外透出决然，表达了诗人对国家的忠诚和敬爱，哪怕生命无法保障，也要陈说自己对国家的热爱。

全诗没有用大量的抒情语句，就连最后的表达也是直托而出，不带转折，却丝毫不让人觉得突兀，因为我们早就通过他淡然的叙述、平白的描写，了解到他的坚定和决心，把生死荣辱俱已抛开，爱国之心毫无保留地从诗句里流淌而出，让人心生敬佩。

背景

本诗作于南宋德祐二年（1276），文天祥在与元军谈判时被扣留，后因临安沦陷而被押解北上，在镇江逃脱，绕道北海、长江终回福建，再度募集兵士抗元，此诗作于经长江口时。

名家点评

〔明〕杨士奇：盖公志正而才广，识远而器闳，浩然之气以为之主，而卒之其志弗遂者，盖以天命去宋也。(《重修文丞相祠记》)

〔明〕王世贞：故信公之数败而能数起，吾以是知其才。其数起而数败，吾不谓其才之不称也。(《王弇州重论卷》)

山河破碎风飘絮，身世浮沉雨打萍

过零丁洋

南宋·文天祥

辛苦遭逢起一经，干戈寥落四周星。
山河破碎风飘絮，身世浮沉雨打萍。
惶恐滩头说惶恐，零丁洋里叹零丁。
人生自古谁无死？留取丹心照汗青。

注释

零丁洋：在今广东中山南的珠江口。

经：指科考所考的经书，此处意为科举。

干戈：指战争，此处指与元军作战。

寥落：荒凉冷落，指抗元战斗稀疏。

四周星：四周年。

惶恐滩：惶恐滩位于今江西境内。

汗青：史册。

简析

本诗通过回顾诗人的一生，分析了当时局势，又在尾句表达了甘愿为国取义的高尚品德，堪称千古流传。

“辛苦遭逢起一经，干戈寥落四周星。”自己的命运转折始于当年参加科考，后来战火烧遍祖国大地，最终一片涂炭。“四周星”的形容，让人对山河破碎的南宋格外同情和悲悯。

“山河破碎风飘絮，身世浮沉雨打萍。”用“风飘絮”“雨打萍”的形象比喻，让人对诗人的遭遇感同身受，仿佛能够看到江山飘摇、万众无靠的凄凉景象。

“惶恐滩头说惶恐，零丁洋里叹零丁。”两处地名贴切地将诗人的心情也一并抒发。“惶恐”“零丁”的负面形容，将诗人的处境同家国的处境联系在了一起，也同样将情绪表达得淋漓尽致。

“人生自古谁无死？留取丹心照汗青。”最后一句升华了主旨，点明了主题。人谁没有一死呢？或重于泰山，或轻于鸿毛，哪怕家国皆亡，只要一片为祖国奉献、为江山尽忠的丹心还在，照样能够名垂青史。诗人气节丝毫未变，依然心念故国，“而今而后，庶几无愧”，正是对他这一心境的充分阐述。

背景

宋帝赵昺祥兴元年（1278），文天祥兵败被俘，次年元军主帅张弘范挟之攻打崖山，逼迫其写信招降坚持抗元的张世杰。文天祥遂作此诗明志，表现了视死如归、宁折不屈的崇高气节。

名家点评

〔明〕谢榛：结句当如撞钟，清音有余。(《四溟诗话》)

〔当代〕苏者聪：由于结尾高妙，致使全篇由悲而壮，由郁而扬，形成一曲千古不朽人壮歌。(《宋词鉴赏词典》)

蒋　捷

蒋捷，生卒年不详，字胜欲，号竹山，阳羡（今江苏宜兴）人。南宋度宗咸淳十年（1274）进士。南宋亡后隐居太湖竹山，人称竹山先生。元大德年间有人荐举他做官，隐居不仕。

蒋捷与周密、王沂孙、张炎并称“宋末四大家”。其词题材广泛、风格多样、文字精练，对后世影响颇深，存词90余首。有《竹山词》传世。

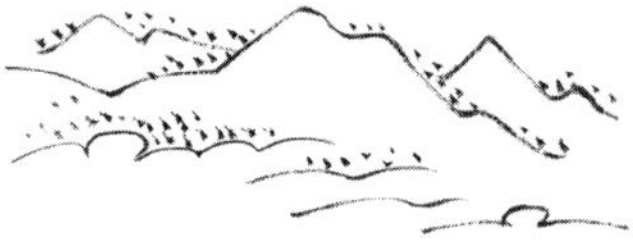

江阔云低，断雁叫西风

虞美人·听雨

南宋·蒋捷

少年听雨歌楼上，红烛昏罗帐。壮年听雨客舟中，江阔云低，断雁叫西风。

而今听雨僧庐下，鬓已星星也。悲欢离合总无情，一任阶前，点滴到天明。

注释

昏罗帐：灯光昏暗的纱帐。

断雁：指南去失群的大雁。

僧庐：寺庙。

简析

词人通过“少年”“壮年”“而今”三个年纪听雨的不同感受，写出情景，绘出了心境，在一首词中述说了自己一生的悲欢和起伏。

“少年听雨歌楼上，红烛昏罗帐。”少年时听雨，家境优渥，生活奢华、偎红倚翠，感受不到生活的艰苦，一副未经人事的情形。一个“昏”字，写出了光影，也绘出了画面感，让那种奢侈、天真、懒散的景象展现在面前。

“壮年听雨客舟中，江阔云低，断雁叫西风。”壮年时听雨，心境已经有了变化，在“客舟”中，漂泊不定，生活窘迫，连景色在眼中似乎也变了味道。“云低”“断雁”“西风”与心境呼应，一副落魄、潦倒的样子，让人悲从中来。

“而今听雨僧庐下，鬓已星星也。”老年时听雨，在寺庙里，头发已然斑白，感叹“悲欢离合总无情”，平淡的叙述里，似乎已经看透了人生。

“一任阶前，点滴到天明。”看透了人生，看惯了世事，人生智慧也随着增进，超脱地听雨，洒脱地归去。“一任”二字，看似无奈，实则睿智，不过是“点滴”而已，就让它“到天明”又如何？本句是此词的点睛之笔。

背景

公元1279年，南宋灭亡。词人蒋捷经历过时代的磨难、朝代的变迁，面对国破家亡，通过此词抒发了自己的人生感慨。

名家点评

〔清〕许昂霄：此种襟怀固不易到，亦不愿到。(《词综偶评》)

〔清〕王闿运：此是小曲。“情”亦作“凭”，较胜。(《湘绮楼词选》)

〔现代〕胡适：蒋捷受了辛弃疾的影响，故他的词明白爽快，又多尝试的意味。(《词选》)

萧观音

萧观音（1040—1075），辽代女诗人。名不详，观音为其小字。辽枢密使萧惠之女，辽道宗清宁初立为懿德皇后。做皇后时深得辽道宗喜爱，后因谏猎被疏。因作《回心院》组诗抒怀，并让伶官配乐演唱，旋被诬与伶官私通。道宗命其自尽，含冤而死。诗多散佚，仅存《回心院》等14首。

威风万里压南邦，东去能翻鸭绿江

伏虎林应制

辽・萧观音

威风万里压南邦，东去能翻鸭绿江。
灵怪大千俱破胆，那教猛虎不投降。

注释

伏虎林：地名，在今内蒙古巴林右旗西北，是辽代皇帝秋季狩猎之地。

应制：臣僚奉皇帝之命赋文作诗。

南邦：南方邦国，指北宋。

灵怪：指代敌人的蔑称。

大千：大千世界。

那教：怎教，怎能使。

简析

本诗气度广阔，胸怀豁达，表达了诗人的一片豪迈之情，字里行间透露出英雄气概，让人不敢相信是由一位女诗人写就。全诗极言进取和征服，气势恢宏，豪杰之情溢于言表。

“威风万里压南邦，东去能翻鸭绿江。”“南”“东”两个方位词的使用，结合“万里”的虚指，充满了豪放的气概，胸中怀有天地，因此笔下格外有韵。“南邦”指北宋，“鸭绿江”指女真，两处地名充分抒发了野心和气度，让人难以忘却，却因此心生敬服。

“灵怪大千俱破胆，那教猛虎不投降。”“大千”与上句“万里”呼应，直述不惧艰险、敢斩荆棘、一往无前的气势，又蔑视地将敌国比作“灵怪”和“猛虎”，自信满满。

整首诗通过对实景的比喻，又穿插了地名，彰显了胆气，将对手和敌人积极点评和呼应，充分表达了诗人宽广的胸怀和积极的进取精神，旨在鼓励上进，早日征服敌手，荡平江山，野心迸发、气势顿生。

背景

据载，辽清宁二年（1056）秋，辽道宗秋猎至伏虎林，命皇后作诗，后应声赋此。道宗盛赞皇后为女中才子。次日，道宗一箭射死一虎，说：“可谓不愧后诗。”

元德明

元德明（1156—1203），号东岩，太原秀容（今山西忻州）人，元好问生父。累举不第，遂放浪山水间，居系舟山东岩福田寺，饮酒赋诗以诗，以文为业。其诗不饰雕饰，清美圆熟，有《东岩集》存世。

北风半夜起，吹动一天星

岁暮

金·元德明

蔌蔌霜力劲，沉沉山气冥。
北风半夜起，吹动一天星。

注释

蔌蔌（sù sù）：象声词，指风声。

沉沉：深邃貌。

冥：形容天气清冷。

简析

本诗通过描写冬日的山林景象，描绘了冬季的风景，抒发了对山林的喜爱之情，又别具豪放韵味。

“蔌蔌霜力劲，沉沉山气冥”，两个叠字的使用，将苏轼“沉沉夜未眠，蔌蔌声初落”倒用，形容了冬季的气候和温度。又用“劲”“冥”两个字表现出了冬季的清冷。“霜力”“山气”两处名词还可以理解为动词用法，以严寒的气候催动景象的变化，格外别致。

“北风半夜起，吹动一天星。”“半夜”对“一天”，别具一格的同时，又让“起”“吹”两个动词变得更加生动和形象。仿佛整个冬季的夜空也变得活动起来，让劲风吹动得满天星斗移动。

短短二十个字，先是通过对仗工整的两句写景，从冬季的静态写起，又从北风吹动而联想到天上星斗也跟着活动，陈述了冬夜的动态，动静结合间刻画出生动的冬日景象。夸张的比喻手法，让人仿佛可以看到冬天的夜空景色，形象生动地描绘出一幅冬夜画卷。

名家点评

〔金〕杨叔玉：先生作诗，不事雕饰，清美圆熟，无山林枯槁之气。(《中州集》)

马致远

马致远（约1251—1321），字千里，号东篱，大都（今北京）人。早年生活坎坷，屡试不第，40多岁才考中进士。曾在江浙一带做官，不甘屈居下僚，遂致仕隐居。

马致远是元代著名的戏曲家、散曲家、杂剧家，与关汉卿、郑光祖、白朴并称“元曲四大家”。有《东篱乐府》等存世。

古道西风瘦马

天净沙·秋思

元·马致远

枯藤老树昏鸦，小桥流水人家，古道西风瘦马。夕阳西下，断肠人在天涯。

注释

昏鸦：乌鸦。

瘦马：消瘦的马匹。

断肠：形容伤心。

简析

本词描写了秋日的景象，通过几处形象的景物描写，将秋季萧索、寂寥的情景描写得生动形象，让人因景生情，因秋日生惆怅，绘画出了一幅凄婉的秋日画卷。

“枯藤老树昏鸦，小桥流水人家。”十二个字描写了六种事物，分别概以“枯”“老”“昏”“小”等形容词，将事物内在的寂寞景象，通过几个词进行了烘托和升华，平日见惯的事物仿佛也具有了不同的意味，更加让人心生惆怅。

“古道西风瘦马。夕阳西下，断肠人在天涯。”与上句相同，本句用十六个字描写了六种事物，也同样用带有凄凉意味的词进行描述，“古”“瘦”“断肠”几字，勾勒出了词人所处的环境，同时避免了将主观视角纳入，让人置身事外的同时，也更添欣赏之意。

全词描写秋景，常用的落叶、秋风、萧索等字眼均未出现，却获得了同样的秋日感受。同时，由于词中嵌入了多种景物，让整个小令看起来充满画面感，读毕，一幅秋日寂寞旅客远行景象跃然纸上，也让词人离别寂寥的忧伤情绪弥漫全文，格外打动人心。

背景

马致远一生漂泊不定，未曾得志，郁郁之间也穷困潦倒，此词作于流浪途中，描绘出凄婉、悲凉的秋日场景。

名家点评

〔元〕周德清：秋思之祖。(《中原音韵·小令定格》)

〔明〕王世贞：景中雅语。(《曲藻》)

〔近代〕王国维：寥寥数语，深得唐人绝句妙境。有元一代词家，皆不能办此也。(《人间词话》)

张养浩

张养浩（1270—1329），字希孟，号云庄，济南（今属山东）人。少年知名，历任监察御史、礼部尚书等职。后因感仕途险恶而弃官归隐。

张养浩诗文兼擅，而尤以散曲著称，多写于辞官归里之时。有散曲集《云庄休居自适小乐府》传世。

看沙鸥舞再三，卷香风十里珠帘

水仙子·咏江南

元·张养浩

一江烟水照晴岚，两岸人家接画檐，芰荷丛一段秋光淡。看沙鸥舞再三，卷香风十里珠帘。画船儿天边至，酒旗儿风外飐。爱杀江南！

注释

岚：雾气。

芰（jì）荷：指出水的荷叶或荷花。

飐（zhǎn）：风吹动旗子的样子。

简析

本词通过一串数词的灵活使用，结合一组清丽的江南物象，生动形象地描写了江南风光，让人心生向往的同时，表达了作者怡然自得的心情。

“一江烟水照晴岚，两岸人家接画檐，芰荷丛一段秋光淡”，用了三个数词，让词句变得跳脱活泼。“照”“接”二字将江水和人家的形象描绘得立体生动。又用一个“淡”字，写出了江边的秋景，描写了两岸人家的富庶和悠闲。

“看沙鸥舞再三，卷香风十里珠帘”，与上句相连，让词句有了声音和气味。“舞”字描绘了飞舞翱翔的沙鸥动作，接上一个“再三”又多了一个数词，也点亮了整个词句的光芒。“卷”字突出春风的温暖与柔和，带着花香气味，弥漫江南地域。“十里珠帘”的夸张手法，形象绘出了江南人家的生活水平。

“画船儿天边至，酒旗儿风外飐。爱杀江南！”两个“儿”化音的使用，也显得格外跳脱，让画舫和酒旗两种事物似乎也变得天真可爱起来。“至”“飐”两个动词的使用，让两种事物的动作变得拟人化和形象化。“天边”“风外”，整体对仗工整，又充满灵气。四字结语点出了主旨，又表达了诗人热烈的情感。

背景

本词作者为北方人，面对江南美景，情不自禁地为江南美景所陶醉，在愉快与畅意的心境下，写下了这首词。

名家点评

〔明〕朱权：张云庄之词，如玉树临风。(《太和正音谱》)

李致远

李致远，生卒年不详，字君深，溧阳（今属江苏省）人，元代文学家。一生困顿，生平不详。现存小令26首，套曲4篇。

斜阳外，春雨足，风吹皱一池寒玉

落梅风·斜阳外

元·李致远

斜阳外，春雨足，风吹皱一池寒玉。画楼中有人情正苦，杜鹃声莫啼归去。

注释

寒玉：指清冷的池水。

莫：未，不。

归去：离开。

简析

这首小令通过写景抒情，渲染了初春的清冷景象，也将深闺怨妇的相思之情与春天相合，含蓄地表露了当事人的真情实感。

“斜阳外，春雨足，风吹皱一池寒玉。”首句点明了是初春的傍晚春雨时分，“斜阳”“春雨”两种景物的描写，开题的同时又切合主旨，一举两得。“斜阳外”显得格外落寞，“春雨足”又暗示了春雨绵延之长与雨势之大，为全文奠定了一种阴郁愁苦的情感基调。“吹皱”一句，用了“吹皱一池春水”的典故，只不过换成了“寒玉”，让人瞬间感受到冬季渐逝、春日即来的气候变换。

“画楼中有人情正苦，杜鹃声莫啼归去。”前半句口语化的同时却不显得过于苍白，“情正苦”三个字将闺中怨妇的情绪进行烘托。后半句寓意深刻，通过对杜鹃的叫声描述，仿佛对远在天边的情郎的大声呼唤“归来吧”，既是鸟儿的叫声，也是妇人的心声。全词没有对思念的直接描述，而是用间接的方式进行含蓄的表达，让相思的痛苦表现得更加深刻。

名家点评

〔元〕仇远：有才未遇政绩损，亦固穷忘怨尤，一瓢陋巷誓不出，孤云野鹤心自由。(《和李致远君深秀才》)

〔明〕朱权：如玉匣昆吾。(《太和正音谱》)

王 旭

王旭，生卒年不详，字景初，东平（今属山东）人。至元、大德年间前后在世，元代词人。

王旭与王构、王磐以文章有名，世称“三王”。著有《兰轩集》20卷，原本不传。清人从《永乐大典》中辑为《兰轩集》16卷，收入《四库全书》。《四库提要》评价说：“其诗随意抒写，不屑于雕章琢句，而气体超迈，亦复时见性灵。”

细看不是雪无香，天风吹得香零落

踏莎行·雪中看梅花

元·王旭

两种风流，一家制作。雪花全似梅花萼。细看不是雪无香，天风吹得香零落。

虽是一般，惟高一着。雪花不似梅花薄。梅花散彩向空山，雪花随意穿帘幕。

注释

风流：风度。

一家制作：指梅花与雪花都是冬天的产物。

萼（è）：花托。

零落：飘散。

帘幕：民居中的帘子。

简析

本词通过对比雪花与梅花两种事物，阐述了各自的优点和美好，从另一种角度解读的话可以得出不同的结论。

“两种风流，一家制作”，指的是梅花与雪花都诞生在冬季，都是由寒而生，因冷而美。

“雪花全似梅花萼。细看不是雪无香，天风吹得香零落”，将雪花比喻成梅花，但却又指出“雪无香”，这是为什么呢？诗人创意地写道“天风吹得”，好像寒风将雪花带有的香气吹得“香零落”，弥漫到整个天空。

“虽是一般，惟高一着”，结合上下文，本意指雪花要比梅花“高一着”，但也可作不同理解，与上阕对仗。

“雪花不似梅花薄。梅花散彩向空山，雪花随意穿帘幕”，雪花的美丽并不像梅花那样，而是覆盖了整个山川。梅花只在生长的地方绽放色彩，而雪花却随意穿行整个天空与大地，甚至还飞入人家帘幕之中。

这首词通过歌颂雪花与梅花，又极言对比两种事物的特点，一种香，一种白，与“梅须逊雪三分白，雪却输梅一段香”有异曲同工之妙。作为一首咏梅小令，作者最后突出了梅的“惟高一着”，用雪花的随和反衬梅花“散彩向空山”的孤高。

背景

此词写于早春，诗人欣赏到雪花与梅花的美景，心生所感，借物咏志，写出这首词。

名家点评

〔当代〕黄拔荆：这首词是抑雪扬梅，通过雪花与梅花的对比，着意歌颂梅花的品格。(《元明清词一百首》)

〔当代〕王学泰：梅花零落之时看雪花。天风吹得梅花四处飘落，它的唯一的优势——香，也零落殆尽，而雪花比梅花更厚实、更能随意飞舞，傲啸于天地之间。(《中国古典名著分类集成》)

刘 基

刘基（1310—1381），字伯温，青田县南田乡（今浙江省文成县）人。元末明初的政治家、军事家、诗人，辅佐朱元璋完成帝业、建立明王朝并维持国家安定。刘基诗文弘深顿挫，自成一家。有《诚意伯文集》等传世。

风驱急雨洒高城，云压轻雷殷地声

五月十九日大雨

明 · 刘基

风驱急雨洒高城，云压轻雷殷地声。
雨过不知龙去处，一池草色万蛙鸣。

注释

驱：挟带，裹挟。

殷：轰动，响彻。

草色：绿色。

简析

本诗描写了大雨将来和大雨过后的场景，通过前后鲜明的对比，又寄意其中，抒发了敢于战胜困难的决心。

“风驱急雨洒高城，云压轻雷殷地声。”暴雨要来了，你看那狂风裹挟着大雨，要将其泼在高城之上。天上的乌云压在城头之上，而雷声则已经响彻天地。本句描写了大雨将要到来时的场景，意境与“山雨欲来风满楼”相近，却没有刻画其中的险恶，一个“轻”字表达了诗人对大雨不过是转瞬即逝的认识。

“雨过不知龙去处，一池草色万蛙鸣”，承接上句，却没有描写大雨浇灌的情形，只轻描淡写的“雨过”两个字便一笔带过。从“不知龙去处”到“万蛙鸣”，表达了困难和挫折只是暂时的，只要坚定信心，就一定能克服一切艰险。与上句“殷地声”相对应的是“万蛙鸣”，两种声音对比鲜明，却勾画了不同的情景。

本诗渲染了雨前的气氛，又描述雨过后的美丽，让人感觉尽管大雨倾盆，却总会迅速逝去，表达了诗人对战胜困难和磨难的信心，坚定地相信“暴风雨只是暂时的”，表达了乐观积极的进取心态。

名家点评

〔明〕朱元璋：学贯天人，资兼文武；其气刚正，其才宏博。议论之顷，驰骋乎千古；扰攘之际，控御乎一方。(《明史》)

〔清〕沈德潜：元代诗都尚辞华，文成独标高格，时欲追韩杜，故超然独胜，允为一代之冠。(《明诗别裁》)

〔清〕纪昀：其诗沉郁顿挫，自成一家，足与高启相抗。(《四库全书总目提要》)

杨 基

杨基（1326—1378），字孟载，号眉庵，苏州吴县（今属江苏苏州）人。初为张士诚记室，洪武初年为荥阳知县。官至山西按察使。因事被罢官罚作劳役，死于役中。

杨基诗文书画俱佳，其诗秾丽华美，富于才情，与高启、张羽、徐贲并称“吴中四杰”。著有《眉庵集》。

细雨茸茸湿楝花，南风树树熟枇杷

天平山中

明·杨基

细雨茸茸湿楝花，南风树树熟枇杷。
徐行不记山深浅，一路莺啼送到家。

注释

天平山：在今江苏苏州城西。
茸茸：形容细雨轻柔的样子。
楝（liàn）：江南一种常见乔木。
徐行：慢行。

简析

本诗描写了太平山中的风景，描绘了山中的花树，通过直白的描写，将诗人热爱自然、喜好美景的心情进行了充分表达，使人对诗人的生活态度心生向往，具有极强的艺术感染力。

“细雨茸茸湿楝花，南风树树熟枇杷。”轻微的细雨沾湿了楝花，南风吹来，枇杷树都结出了成熟的果实。先写景，描写了太平山中的环境，对仗极为工整，“细雨茸茸”对“南风树树”，让人对山上的美景心生向往。

“徐行不记山深浅，一路莺啼送到家。”徜徉在山林里不觉间迷失了方向，却在一路鸟叫声中，找到了回家的路。整句诗就像歌曲一样朗朗上口、充满韵味，类似于王维的“深林人不知，明月来相照”的意境。

这首诗是典型的山水田园诗，通过对山中景物的描写，展示了诗人热爱自然风景的心态，用“楝花”“枇杷”“莺啼”几种景物进行烘托，展露了诗人的志趣和爱好，也表现了诗人清幽、宁静的心境，短短二十八个字，做到了有形有声、有景有色，并充分留白，给人留下了遐想的空间。

名家点评

〔明〕顾起纶：（杨基诗）才长逸荡，兴多隽永，且格高韵胜，浑然无迹。（《国雅品》）

高　启

高启（1336—1374），字季迪，长洲（今属江苏苏州）人。元末隐居于吴淞青丘，自号青丘子。明初授编修，参预编订《元史》，擢户部右侍郎。后因为文犯明太祖朱元璋讳被杀。诗以疏旷见长。著有《扣舷词》等。

风雨梨花寒食过，几家坟上子孙来

送陈秀才还沙上省墓

明 · 高启

满衣血泪与尘埃，乱后还乡亦可哀。
风雨梨花寒食过，几家坟上子孙来？

注释

省墓：扫墓。

满衣：整个衣服。

寒食：寒食节，清明节前一两日，禁烟火，只吃冷食。

简析

本诗描写了送友人扫墓的场景，通过对环境的描绘，表达了对战乱的厌倦和痛恨，充满了反战思想。

“满衣血泪与尘埃，乱后还乡亦可哀。”一身风尘仆仆的样子，衣服上沾满了血泪和灰尘，战乱过后到家的形象真的非常凄惨。通过“血泪”“尘埃”四个字，引出“亦可哀”的结论，表达了对战乱的控诉。诗句虽然对战争没有直接描述，只写“乱后”，却将其造成的后果表现得十分清楚明白。

“风雨梨花寒食过，几家坟上子孙来？”已经过了寒食节了，又有几个人的子孙能来墓地扫墓呢？“风雨”比喻战争，战争打完了，人们流离失所，很多人甚至丧失了生命。通过诗尾的问句，进一步刻画了战争的残酷，没有刀光剑影，没有人啸马嘶，却用一个问句来质问业已结束的战争，除了生灵涂炭、民不聊生，又能得到什么呢？

本诗通过对扫墓情形的描写，从落魄的形象写起，先表达了哀思，又转写寒食过后扫墓时分，提出了疑问，既是对人的怀念，也是对战争的控诉，用怜悯的思想表达了对人民的同情，又进一步升华思想，将其上升至反战的高度。

背景

本诗写就于战乱后，诗人杨基送陈秀才扫墓，因眼前所见有感而发，乃作诗。

名家点评

〔明〕杨维桢：吾意诗境荒矣，今当让子一头地。(《乐府纪闻》)

于 谦

于谦（1398—1457），字廷益，号节庵，杭州钱塘（今浙江杭州市）人。明代杰出政治家、军事家和改革家。历任监察御史、河南山西巡抚、兵部尚书等。土木之变后，于谦力主御敌，反对议和，整饬军队，加强防范，终使大明王朝转危为安。后明英宗复辟，于谦以“谋逆罪”被杀。

于谦的诗不事雕琢，朴实易懂。其诗作内容丰富，多表达爱国忧民的情感，表现坚强信念和坚贞节操。

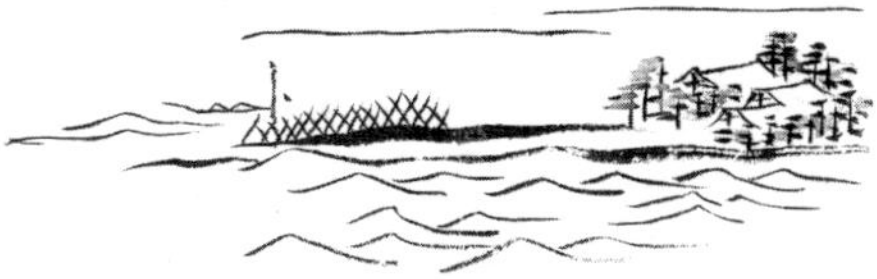

春风来不远，只在屋东头

除夜太原寒甚

明 · 于谦

寄语天涯客，轻寒底用愁。
春风来不远，只在屋东头。

注释

除夜：除夕夜。

寄语：传话，递话。

底：疑问词，同“何”。

简析

本诗通过描写除夕一人在外的场景，在寒冷的季节，却依然期望着春风，透露出乐观向上的积极思想。

“寄语天涯客，轻寒底用愁。”把我的话捎去给天边的朋友，这个冬季在我眼中不过是“轻寒”，根本不用为此发愁。“天涯客”巧妙地指出诗人所处的艰远之地，而“轻寒”二字透露出诗人对冬季寒冷的不屑和坚忍，根本不将其放在眼里。

“春风来不远，只在屋东头。”冬季不会持续太长时间了，春天马上就来了，你看那春风不就已经吹到小屋的东边了吗？“春风”其实是虚指，在除夕的夜里哪里有什么春风，但诗人却仍然抱着乐观积极的心态，迎接着春风的到来，还固执地认为其“来不远”，甚至已经到了“屋东头”。

全诗通过平白的叙述，刻画了一个远在外乡，独自过年的旅人的形象，尽管天寒地冻，却根本不为其所困，身处恶劣的环境，仍然积极向上地盼望春天、拥抱希望，显示了豪迈、坚毅的诗人性格。结合其时其景，我们有理由相信诗人赋予了这首小诗更深的哲理，表达了他不畏强权、不惧艰难的高尚情操。

背景

本诗作于于谦在正统初年任山西巡抚时，在除夕夜独自一人时写就，表达了向往温暖、光明的情怀。

名家点评

〔当代〕朱邦薇：这首诗写的是除夜的寒冷，读来却给人以春天的喜悦和暖意。(《历代绝句精华鉴赏辞典》)

〔当代〕孙育华：诗人以平白轻松的语气，抒发激越豪情，显示了诗人铮铮骨气与刚毅果敢的上进精神。(《古代词曲名篇选编》)

北风吹，吹我庭前柏树枝

北风吹

明 · 于谦

北风吹，吹我庭前柏树枝。树坚不怕风吹动，节操棱棱还自持，冰霜历尽心不移。

况复阳和景渐宜，闲花野草尚葳蕤，风吹柏枝将何为？北风吹，能几时？

注释

棱棱：威严方正的样子。

宜：气候宜人，天气变暖。

葳蕤（wēi ruí）：茂盛的样子。

简析

本词塑造了寒风中柏树坚忍不拔的形象，寄托了词人对其的歌颂和向往，同时又借物喻人，表达了自己志向远大、坚贞不屈的高尚情操。

“北风吹，吹我庭前柏树枝。树坚不怕风吹动，节操棱棱还自持。”第一句近乎白话，用以引出下文。“北风吹”三个字点明了寒冷时节，“吹我庭前”又转而进入词人家院。“不怕”“自持”，点明了主旨，还创意性地将节操用“棱棱”形容，意指其百折不挠的坚贞。

“冰霜历尽心不移”，这既是对柏树的肯定，也是对作者本人的自励，哪怕身处严寒、哪怕处境恶劣、哪怕“冰霜历尽”，也不改人之本心，坚持节操与气节。

“况复阳和景渐宜，闲花野草尚葳蕤”，天气渐渐地变得温暖，无论是阳光还是风景都逐渐宜人，野花野草都已经变得茂盛了。本句直写景，从凛冽的寒风中过渡到晴暖的天气中来，用以引出下句。

“风吹柏枝将何为？”承接上句，既是问句，又是反诘，现在北风又能将我怎样呢？一副傲然神态立于纸上。

“北风吹，能几时？”同样一个问句，重点在“几时”，意境与“冬天来了，春天还会远吗？”相似，既乐观又从容，且看你能恣意到几时，最终还不是要在我坚定的本心前败下阵来。

名家点评

〔明〕于冕：咏诗皆挥笔立就，尤长于奏疏，每政事旁午，章日数十上，累千万言，不假构思，挥翰如流，人称为天下奇才云。(《于忠肃集》)

〔明〕王世贞：少保负颖异之才，蓄经纶之识，诗如河朔少年儿，无论风雅，颇自奕奕快爽。(《明诗评》)

唐 寅

唐寅（1470—1523），字伯虎，号桃花庵主、六如居士等，自称江南第一才子。明代著名画家。江苏吴县（今属江苏苏州）人。

唐寅诗文多以游记、题画、感怀为主。流露放荡不羁、清高孤傲的心态，对世态炎凉也多有感慨。清人辑有《六如居士全集》。

斜髻娇娥夜卧迟，梨花风静鸟栖枝

美人对月

明 · 唐寅

斜髻娇娥夜卧迟，梨花风静鸟栖枝。
难将心事和人说，说与青天明月知。

注释

髻：头发的妆容。
娇娥：美女。
和：对人说，与人说。

简析

全诗通过先写人，后写景，生动地刻画了美人与风景，就像一幅工笔画一样，将场景展现在读者面前。

“斜髻娇娥夜卧迟，梨花风静鸟栖枝。”宁静的夜晚，风停了，鸟倦了，梨花也安睡了，美人到了晚上还无法安眠，这是为什么呢？全句倒装，先写人，后写景，用景衬托美人周边的环境，又带出疑问。

“难将心事和人说，说与青天明月知。”美人是因为心事重重无法入睡啊，这却无法与外人述说，只能在晚上默默地向青天明月表陈。全句直白地叙述美人的心事，描写了那种心怀他人，却又无法表达的心情，让人在怜惜之下倍增同情。

全诗仅用一句刻画景色，却将景色与美人的环境融合在一起，使人对她的遭遇能够充分了解。通过诗句，我们看到一个头发散乱却无法入睡的美人形象，她辗转反侧中失眠了，打开窗子，对着夜空述说自己的愁绪。在诗句营造的氛围中，我们可以想象夜晚美人晚睡的画面，就好像一幅工笔画展现在人们面前，艺术氛围浓厚。

名家点评

〔明〕王穉登：才雄气逸，花吐云飞，先辈名硕，折节相下，庶几青莲之驾，无忝金龟之席。(《丹青志》)

〔清〕钱大昕：土木其形骸，冰雪其性情。藐千驷以若浼，拥万卷而自荣。狂士标格，才子声名。是将共叔夜伯伦而尚友，岂徒引徵仲、希哲为同盟。(《潜研堂文集》)

多少天涯未归客，尽借篱落看秋风

菊花

明·唐寅

故园三径吐幽丛，一夜玄霜坠碧空。
多少天涯未归客，尽借篱落看秋风。

注释

幽丛：阴暗幽静的花丛。

玄霜：指白霜。

借：凭借，引申为倚靠。

篱落：篱笆。

简析

本诗通过描写园中菊花盛开的景象，借物抒情，表达了作者的志趣和品格。

“故园三径吐幽丛，一夜玄霜坠碧空。”故园里的小径上默默地盛开着菊花，一夜之间，就像九天上的玄霜坠落一样，露水也打在花瓣上。“三”是虚指，又与下句“一”对仗，数词的使用，让这首诗显得更为跳脱和活泼，透露出天真率直的心态。“幽丛”“碧空”间接描写菊花，又带有夸张、艺术的加工，让人对美景更加感慨和喜爱。“幽”“碧”两字的使用，让诗句充满了色彩，也犹如绘出了一本画卷。

“多少天涯未归客，尽借篱落看秋风。”天下多少出门在外的旅人，在这个时节都只能站在篱笆外看着秋风空自感叹。用感慨的口吻抒发秋日的愁绪，读来很容易让人与诗人产生共鸣。

整诗没有使用较为华丽的文笔，而是先由景着手，将菊花的美丽通过比喻进行了形象地描述。又进一步将意味延伸至旅人身上，连带自身也包含在内，既寄寓了天涯羁客对家乡的思念，也表达了诗人落寞的隐逸之情。

名家点评

〔明〕祝允明：子畏为文，或丽或淡，或精或泛，无常态。不肯为锻炼功，奇思常多，而不尽用。其诗初喜秾丽。既又仿白氏，务达情性。而语终璀璨，佳音多与古合。(《唐子畏墓志铭》)

查慎行

查慎行（1650—1727），初名嗣琏，字夏重，浙江海宁人。康熙四十二年（1703）进士。官居翰林院编修。其诗受宋诗影响较大，风格峭劲，辞意畅达，是清代宋诗派成就最大者。有《敬业堂诗集》《苏诗补注》等。

微微风簇浪，散作满河星

舟夜书所见

清·查慎行

月黑见渔灯，孤光一点萤。
微微风簇浪，散作满河星。

注释

萤：形容灯光昏暗如萤火。

簇：吹动。

满河星：形容灯光洒满河面的样子。

简析

本诗通过对动静、明暗的形象描写，形成了极强的对比，使场景跃然纸上，如在眼前。

“月黑见渔灯，孤光一点萤。”在新月昏暗的环境下，黑夜也无法绽出一丝光明，只能看到渔船上的一点明亮，在夜里分外明显。本句通过描写夜黑，让灯光与黑夜形成了极强的对比，仿佛当时的场景就在眼前：在伸手不见五指的夜里，周围万籁俱寂，一片宁静，只能隐约看到江上的一点孤光，好像黑影中一只萤火虫的微光一样，看不真切，又实实在在。

“微微风簇浪，散作满河星”，通过描写拂过江面的风，仿佛听到了江水的声音，又不那么明显。“满河星”写的是反射到水面的一点光亮，在轻浪中波光粼粼，整个画面瞬间变得明亮了起来。

全诗仅用几个形象的字，就将暗夜、江水、新月、光亮生动地呈现了出来。“一点萤”对“满河星”，摇曳间将光明挥洒了出来。“风簇浪”又描绘了江上声形，不见声音，却悄然有音，令人拍案叫绝。

背景

康熙二十七年（1688），查慎行从水路自北京南归，本诗作于船上过夜时，作者看到江面的景色，有感而发，遂作此诗。

名家点评

〔清〕张维屏：极清真，极隽永，亦典切，亦空灵，如明镜之肖形，如化工之赋物，其妙只是能达。(《国朝诗人徵略》)

〔清〕袁枚：一味白描神活现，画中谁似李龙眠。(《论诗绝句》)

〔清〕赵翼：初白诗功力之深，香山、放翁后一而已。(《瓯北诗话》)

纳兰性德

纳兰性德（1655—1685），字容若，号楞伽山人。大学士明珠之子，满洲正黄旗人。康熙十五年（1676）进士，授乾清门侍卫，深得康熙宠幸。

纳兰性德被誉为“清代第一词人”，风格以“缠绵婉约”“哀感顽艳”著称。著有《通志堂集》《饮水词》等。

风淅淅，雨纤纤，难怪春愁细细添

赤枣子

清·纳兰性德

风淅淅，雨纤纤，难怪春愁细细添。记不分明疑是梦，梦来还隔一重帘。

注释

淅淅、纤纤：均是象声词，形容风雨的声音。

添：加剧。

重帘：此处指雨水形成一重水帘。

简析

本词用少女的视角描写了春天的景色，通过对春风、春雨的描绘，写出了少女将愁绪寄托在春日时节的感受，又用婉转、细腻的文笔，将少女独特的想法和思虑进行了婉约的表达。

“风淅淅，雨纤纤，难怪春愁细细添。”三个连续叠词的使用，使词的韵味得到了充分表达，又令人联想到少女天真、婉约的心情，与天气进行了极佳的融合。春风轻柔、春雨恬淡，在这细微的风雨中，少女的愁思也不断在酝酿和渲染。

“记不分明疑是梦，梦来还隔一重帘。”眼前这一切美妙的景色让人怀疑是梦，可是与梦比起来，眼前的春雨就像在梦里又搭了一重细珠帘一样。采用双重递进式比喻，将似梦非梦的场景，用清新自然的手法呈现，表达了少女在细雨绵绵的春日感发出来的莫可名状的惆怅。

本首小词由春风春雨着手，递进到少女的愁思升起，又让喜好想象的少女生出“这一切就像梦又不似梦”的感慨，用词用语都极为形象考究，使人对少女的所思所感有了深切的体会，更添艺术美感。

背景

本词明显写于春日，词人用少女的视角表达了一种惆怅与伤感，读起来别有一番风味。

名家点评

〔当代〕张秉戍：小词深而婉，清丽自然，若“花间”词语。(《纳兰词笺注》)

谁念西风独自凉？萧萧黄叶闭疏窗

浣溪沙

清·纳兰性德

谁念西风独自凉？萧萧黄叶闭疏窗。沉思往事立残阳。被酒莫惊春睡重，赌书消得泼茶香。当时只道是寻常。

注释

疏窗：指窗户，古时窗户皆刻有花纹，因此得名。

残阳：即傍晚。

赌书：比赛读书的记忆力。指李清照、赵明诚赌书之事，意为作者往日与亡妻也有过类似李清照、赵明诚一样的美满生活。

简析

这是一首悼念亡妻的词作，通过描写秋季萧索的气氛，使词人怀念起逝世的妻子，怀念她生前的美好，表达了词人悲哀、伤感之情。

“谁念西风独自凉？萧萧黄叶闭疏窗。沉思往事立残阳。”西风吹得天气寒冷，又让我感到自己的孤独。看着窗外的黄叶我紧紧地关闭了窗户，在残阳中回想起往事。本句主要写景，由萧瑟秋风写起，到窗外的落叶，让我产生惆怅的思绪。“西风”“黄叶”“疏窗”“残阳”都是带有伤感意味的词语，被作者信手拈来，用以烘托怀念的气氛，语句伤感，使人为之难过。

“被酒莫惊春睡重，赌书消得泼茶香。当时只道是寻常。”

妻子在世的时候，我们饮酒后春睡，在读书的赌局中充满了我们的爱意。这一切消逝后，当时觉得很平常的事，现在想来弥足美好。通过前两句描写与妻子的生活细节，用李清照《金石录后序》中典故来形容夫妻之情，歌颂了二人美好的夫妻感情。最后一句“当时只道是寻常”是点睛之笔，现在回想以前的美好，在当时不过觉得是平常之事，结合此情此景，让人不禁潸然泪下。

背景

此词写于纳兰性德妻子亡故之后，不堪回忆的词人，通过本词来悼念亡妻。

名家点评

〔近代〕况周颐：即东甫《眼儿媚》句意。酒中茶半，前事伶俜，皆梦痕耳。(《蕙风词话》)

〔近代〕王国维：一切景语皆情语也。(《人间词话》)

风一更，雪一更，聒碎乡心梦不成，故园无此声

长相思

清·纳兰性德

山一程，水一程，身向榆关那畔行，夜深千帐灯。
风一更，雪一更，聒碎乡心梦不成，故园无此声。

注释

程：路程。

榆关：即山海关。

聒（guō）：原意指嘈杂，此处指风声、雪声。

简析

本词描写了路程、风景，用山水、风雪、色彩描绘了景色，显示了宏大的叙事场景，表达了强烈的思乡之情。

“山一程，水一程，身向榆关那畔行，夜深千帐灯。”前六个字如同民歌，好像在路程上不断响起的号子一样。又刻画了路途的艰难，翻过一座座山，又涉过一条条河，离家不觉已千里之遥，六个字写出了行路难。后半句则写实景，向山海关进发期间，夜宿时上千的军帐犹如点点的星火。“身向”却暗指回首，虽然自己还在朝着目的地前进，可自己的心早就已经飘回了遥远的家乡。“千帐灯”看似壮丽，却让词人感到厌倦。

“风一更，雪一更，聒碎乡心梦不成，故园无此声。”没有直写风雪的声音让人难以入眠，却通过“梦不成”来表达这样的情形，思乡的人被风雪声“聒碎”美梦，让词人更增疲倦之意。

通过对光亮和声音的直接描写，又侧面通过“梦不成”的间接描写，写出了词人思乡的心声，“故园无此声”句，看似赞赏实则思念，让我们了解到他的真实感情。

背景

此词作于康熙二十一年（1682），纳兰性德因康熙帝出巡而随驾出关，因遇到塞外风雪，引发了其对家乡的思念而作此词。

名家点评

〔近代〕王国维：纳兰容若以自然之眼观物，以自然之舌言情。此由初入中原未染汉人风气，故能真切如此。(《纳兰词笺》)

符　曾

符曾（1688—？），字幼鲁，号药林，浙江钱塘（今杭州）人。清代著名诗人，累官至户部郎中。诗典雅清丽，有《春凫小稿》《半春唱和诗》。

见说马家滴粉好，试灯风里卖元宵

上元竹枝词

清·符曾

桂花香馅裹胡桃，江米如珠井水淘。
见说马家滴粉好，试灯风里卖元宵。

注释

江米：即糯米。

滴粉：一种元宵，相传清代民间以北京城内马思远制作的滴粉元宵最为有名。

试灯：元宵节时提前点灯进行试燃的行为。

简析

本诗形象地描写了元宵佳节时人们制作元宵的选材、用料，甚至不惜笔墨描写了其制作过程，观察细致。像这样直写某样事物的详细过程，令人也对元宵此物倍增兴趣，是一首精致的说明类诗歌。

“桂花香馅裹胡桃，江米如珠井水淘。”两句诗写了三样原料，“桂花”“胡桃”“江米”，通过夸张的手法，使人对元宵的美味还未见实物就已经垂涎三尺，心生向往。“裹”“淘”两个动词的用法，形象地将制作元宵的过程进行描述，有如亲眼所见，令人感到好奇的同时，也为诗人仔细的观察所折服。“香”“珠”等字眼的嵌入，又将元宵的甜美直接阐述，不禁让人满口生津，食指大动。

“见说马家滴粉好，试灯风里卖元宵。”此两句则写元宵叫卖的场景。“滴粉”是一种汤圆，都说马家的滴粉汤圆做得好（却不知是否名副其实），在春风里，趁着花灯还没有点上的时候，四外叫卖元宵。前半句故意制造悬念，后半句则直叙场景，让人觉得“马家元宵”确实名不虚传，没有特写如何美味，其真正的滋味却透过字里行间让读者心生同感，提前感受到它的香甜了。

郑 燮

郑燮（1693—1765），字克柔，号板桥。江苏兴化人。乾隆元年（1736）进士，先后任范县（今属河南）、潍县（今属山东）知县，为官清廉，颇受百姓拥戴。后因得罪权贵辞官归乡。辞官后到扬州以卖画为生，为“扬州八怪”之一。

郑诗风格清新流畅，感情真挚，重现实，多表现同情人民和憎恨贪官污吏的思想感情。有《郑板桥集》。

千磨万击还坚劲，任尔东西南北风

竹石

清 · 郑燮

咬定青山不放松，立根原在破岩中。
千磨万击还坚劲，任尔东西南北风。

注释

原在：原本，原来就在。

尔：你，代词。

简析

本诗通过描写翠竹的坚忍不拔，赞美了翠竹的顽强，蕴含着丰富的哲理，表达了自身的志向与理想。

“咬定青山不放松，立根原在破岩中。”前两句描写了竹子所处的场景，站在山上屹立不倒，深深扎根于岩石缝隙中。“不放松”则代表着一种姿态，一种坚强。“咬定”绘出了坚决和顽强，“破岩”点出了恶劣的生存环境。“破岩”还可以理解为动词用法，通过刺破岩石这种行为，表明了即使身处恶劣环境中也仍然不改本色，坚决与大自然作斗争。

“千磨万击还坚劲，任尔东西南北风。”后两句用夸张的手法描写了一种傲然姿态。“任尔”更是一种狂放的表达，哪怕东西南北风的吹拂和摧残也不改“坚劲”本色。

本诗通过描写场景，引出主题，又用主题来烘托场景，更深层次地表达了翠竹的坚韧和顽强。恶劣的生存环境，复杂的外部挫折，也不改翠竹宁折不弯的本色，让人对其肃然起敬的同时，又心生向往，倍受激励。这首诗也常用作表达革命者的志向坚定与百折不挠。

背景

本诗为作者为其竹石图所写的题画诗，通过对竹的赞美，表达了自己像竹一样坚韧不拔、宁折不弯的崇高品格。

名家点评

〔清〕何绍基：间以兰竹意致，尤为别趣。(《东州草堂金石跋》)

〔现代〕徐悲鸿：板桥先生为中国近三百年最卓绝的人物之一。其思想奇，文奇，书画尤奇。观其诗文及书画，不但想见高致，而其寓仁悲于奇妙，尤为古今天才之难得者。(《题画竹》)

蒋士铨

蒋士铨（1725—1784），字心余，一字苕生，号清容，又号藏园，江西铅山人。乾隆二十二年（1757）进士，官翰林院编修。主讲于蕺山、崇文、安定书院。诗文负盛名，与袁枚、赵翼并称。有《忠雅堂集》传世。

低徊愧人子，不敢叹风尘

岁暮到家

清·蒋士铨

爱子心无尽，归家喜及辰。
寒衣针线密，家信墨痕新。
见面怜清瘦，呼儿问苦辛。
低徊愧人子，不敢叹风尘。

注释

及辰：及时，正好。
墨痕：指书信上的墨迹。
徊：徘徊。

简析

本诗歌颂了伟大无私的母爱，让人热泪盈眶又感同身受，以写实为主，通过几个经典场景，烘托了母爱气氛。

“爱子心无尽，归家喜及辰。”开句点明主旨，描写了母亲对儿子及时归家喜出望外的高兴和欢乐。

“寒衣针线密，家信墨痕新。”借用《游子吟》的典故，“临行密密缝”一句，形象地表达了母亲对儿子的爱护与体贴。密集的针脚就像绵绵无尽的亲情一样，体现在即将穿上的寒衣上。即使儿子已经将信寄回家中，然而担心、盼望、心疼的心情依然浓厚，一个慈爱母亲的形象跃然纸上。

“见面怜清瘦，呼儿问苦辛。”甫见儿子第一件事就是感叹身体消瘦了，叫着儿子的名字好像在问“在外是否吃尽苦头”。透过诗句我们仿佛看到一个慈母在对儿子嘘寒问暖，怜爱不断的情景，让我们也如同穿越时空，化成了作者，一同感受那深厚的母爱。

“低徊愧人子，不敢叹风尘。”在慈母的关爱下，作者生出了“愧人子”的想法，母亲对自己的爱意又怎能回报，“谁言寸草心，报得三春晖”，这种爱意让作者萌生愧疚，不敢再附庸风雅般地感叹“风尘”。

背景

此诗作于乾隆十一年（1746），记述诗人蒋士铨年终前夕才回到家中，描写了其与母亲见面时喜悦、感动之情。

名家点评

〔清〕金德瑛：蒋生下笔妙天下，万马瘖避骅骝前。

赵 翼

赵翼（1727—1814），字云崧，一字耘崧，号瓯北，阳湖（今江苏苏州）人。历任广西镇安知府、广东广州知府等。赵翼是清代著名的历史学家，代表著作《廿二史札记》，同时也是一位杰出的诗人，尤以五言诗见长，其诗浅近流畅，与袁枚、蒋士铨并称“乾嘉三大家”。

江山代有才人出，各领风骚数百年

论诗（其二）

清·赵翼

李杜诗篇万口传，至今已觉不新鲜。
江山代有才人出，各领风骚数百年。

注释

李杜：李白和杜甫，此处指代著名诗人。

江山：指整个国家。

风骚：原意为《诗经·国风》和《离骚》，后将诗文之事称“风骚”，这里指享有文学成就的人才。

简析

本诗从李杜诗篇的流行写起，引出“不新鲜”的结论，让人惊异其狂放的口吻。但是接下来又写“代有才人”，才知道诗人的立意是有推陈出新、破旧迎新之意，最后一句写明诗人对“才子”的期望和寄许，期望他们能写出更优秀的诗篇，再铸经典。

每一代墨客骚人都有其历史局限性，他们的诗篇也许只描绘了当时的景色或人事，对于当代人来说只有借鉴意义，而不足以奉为神明，这样会断送新一代才子的创新精神。

通过“万口传”这一实际行径，看似赞扬李杜诗篇脍炙人口，但是又似批评这些“万口”，毫无进取精神，徒得诗表，未识文里，所以诗人才大胆地声明“不新鲜”。但是，“不新鲜”并不意味着“不经典”，只是经历了时光的凝练，逐渐褪去了当时名篇的光环。

这壮丽的江山，这绮丽的美景，这灵气的山水，一定会孕育出更多的诗人才子，他们的文章也肯定会超越前人，重新铸就新的经典。与毛泽东“数风流人物，还看今朝”有异曲同工之妙，直陈不要拘泥于过去，要敢于开创未来的思想。

名家点评

〔近代〕赵尔巽：同时袁枚、蒋士铨与翼齐名，而翼有经世之略，未尽其用。所为诗无不如人意所欲为，亦其才优也。(《清史》)

黄景仁

黄景仁（1749—1783），字汉镛，一字仲则，自号鹿菲子，江苏武进人。少孤家贫，常为衣食奔波。乾隆四十一年（1776）召试，中二等，授武英殿书签官。后纳资为县丞，未补官而穷愁潦倒。诗多写嗟贫叹苦、牢愁抑塞之情，字语辛酸。有《两当轩集》存世。

惨惨柴门风雪夜，此时有子不如无

别老母

清 · 黄景仁

搴帷拜母河梁去，白发愁看泪眼枯。
惨惨柴门风雪夜，此时有子不如无。

注释

搴帷（qiān wéi）：指掀开门帘。

河梁：河上的桥梁，指离家远行。

惨惨：形容昏暗无光的样子。

柴门：指代贫穷人家。

简析

这首诗写告别母亲的场景，感情真挚深沉，令人对母爱心生敬佩，对慈母的付出，儿子又何能报答？只能空自感叹“愧为人子”。

“搴帷拜母河梁去，白发愁看泪眼枯。”掀开门帘拜别母亲准备离开家中，却看到母亲满头白发眼泪流干。后半句将一个老母的形象描写得生动形象。“白发”“愁看”“枯”，几个字将母亲的伤感、痛惜和爱护之情表露无遗，让我们也心如刀绞，感叹不绝。我们的离别即使已经难以避免，却也让母亲眼泪流尽，作为儿子的我们，又怎能不感觉到痛苦和伤感呢？

“惨惨柴门风雪夜，此时有子不如无。”落魄的家境，让风雪不断地入侵寒门，此情此景，心中感慨不断，不能在母亲身边尽孝，不能让慈母心安，我这个做儿子的简直一点用处都没有，一种“愧为人子”的感情从诗中喷薄而出，“此时有子不如无”，写的是一种心态，表达的却是对自身的鄙薄与愤懑。

全诗用寥寥几笔勾勒出一个母子离别的场景，极强的感情爆发让它充满了感染力，感动作者的同时，也引起了读者的共鸣。

背景

本诗作于乾隆三十六年（1771），黄景仁外出远行时，在一个风雪夜告别母亲与妻子时所作，表达了其悲伤难过的心情。

名家点评

〔当代〕李寅生：字字沉痛，令人不忍卒读。（《中国古典诗文精品读本》）

〔当代〕蔡义江：看似寻常，却又刻骨铭心。（《绝句三百首》）

风蓬飘尽悲歌气，泥絮沾来薄幸名

杂感

清·黄景仁

仙佛茫茫两未成，只知独夜不平鸣。
风蓬飘尽悲歌气，泥絮沾来薄幸名。
十有九人堪白眼，百无一用是书生。
莫因诗卷愁成谶，春鸟秋虫自作声。

注释

风蓬：风吹动蓬草，形容孤苦无依的样子。

薄幸名：薄幸，原指男子对女子进行欺骗，此处指虚名。

谶：预言、预兆。

简析

通过本诗平白叙述，可以感受到诗人对自身境遇的呐喊和不平，胸中锦绣毫无用处，平白感叹“百无一用”。

“仙佛茫茫两未成，只知独夜不平鸣。”前句写境遇，无论“仙佛”皆未成，落得两手空空。在这样的情况下，无法一展抱负，只能空作“不平鸣”，却对自己丝毫无法改善。

“风蓬飘尽悲歌气，泥絮沾来薄幸名。”就连“悲歌”都在风中飘散，像那随风蓬草，就连“薄幸名”都已不再高洁，像那泥中柳絮，充分展现了诗人的满腹伤感和牢骚。

“十有九人堪白眼，百无一用是书生。”“十有九人”的“白眼”遭遇，让诗人伤感倍增，落到这种地步，无法阻挡外人对自己的鄙视，不禁感叹自己“百无一用”，学问满腹又有何用，类比“贫在闹市无人问，富在深山有远亲”的感慨。

“莫因诗卷愁成谶，春鸟秋虫自作声。”不要因为总在诗中写愁而让事实成真，你看那欢快的春鸟、愁苦的秋虫不也一样能够发声吗？与上句衔接，进一步将诗人的愁苦推向了高潮，抒发了苦闷、凄凉的心态和处境。

背景

此诗作于诗人黄景仁二十岁时，因“意有所郁结，不得通其道”，愤愤不平之下，写下了这首诗。

名家点评

〔当代〕褚斌杰：写书生之清寒身世，真实感人。两联对句尤妙，颔联写在蓬飞絮飘中销尽豪气、荡尽春心；颈联写困境中的孤傲与无奈。择字颇见用心，以“十有九人”对“百无一用”。平常口语，天然凑泊，选择即是锤炼，妙处令人称绝。(《中国历代诗词》)

高 鼎

高鼎，字象一，又字拙吾，生卒年不详，大约生活在清咸丰朝（1851—1861）前后。浙江仁和（今浙江省杭州市）人，清代著名诗人。其诗擅长描绘自然景物，语言通俗生动。

儿童散学归来早，忙趁东风放纸鸢

村居

清·高鼎

草长莺飞二月天，拂堤杨柳醉春烟。
儿童散学归来早，忙趁东风放纸鸢。

注释

拂堤：形容杨柳枝轻拂河堤。

春烟：河水的蒸汽就像烟雾。

纸鸢：风筝。

简析

本诗通过描写春日的山村景色，因景愉情，因色快意，表达了欢快、喜悦的春日心情。全诗语言平白又不失韵味，淡泊又不缺灵气，从几处浅景写起，将暖洋洋、春浓浓的景色描写得如在眼前，引领读者与诗人一道感受春天的味道与景色。

“草长莺飞二月天，拂堤杨柳醉春烟。”在农历二月的春天里，草木生长，流莺飞舞，堤畔的杨柳也好像在春风里陶醉。先是写时，在二月里看到的“草长莺飞”被诗人忠实记录，视角独特、描写形象。一个“醉”字，点明了快意，写出了舒畅，让杨树和柳树似乎也充满了生命的气息。

“儿童散学归来早，忙趁东风放纸鸢。”通过描写儿童的行为，进一步点缀了春天的愉快和生机。

本诗通过几种随处可见的场景，如“草长莺飞”“杨柳”“放纸鸢”，轻松、欢快地描写了春日的情形，透过字里行间表达了喜悦、欢乐的心境，恰似“拨开云雾见天日，守得云开见月明”，有种放飞自我心情、随意挥洒喜悦的感觉，让人感同身受。

秋 瑾

秋瑾（1875—1907），字璇卿，号竞雄，又号鉴湖女侠。山阴（今浙江绍兴市）人。近代民主革命志士。光绪三十年（1904）赴日本留学，次年参加同盟会。归国后积极准备皖浙起义，失败被捕，不屈就义。诗文慷慨激昂、雄健奔放，有《秋瑾集》。

万里乘风去复来，只身东海挟春雷

黄海舟中日人索句并见日俄战争地图

清·秋瑾

万里乘风去复来，只身东海挟春雷。
忍看图画移颜色，肯使江山付劫灰。
浊酒不销忧国泪，救时应仗出群才。
拼将十万头颅血，须把乾坤力挽回。

注释

日人索句：一个日本人向作者索讨诗句。

春雷：喻指革命壮志和蓝图。

移颜色：指领土被占，在地图上换了颜色。

肯使：怎肯使。

劫灰：战争之后江山易手，生灵涂炭。

销：同消，消除。

出群才：不同于常人的贤人志士。

乾坤：天地，代指国家。

简析

本诗通过对时局的描写，表达了诗人对当时中国的悲哀和激愤，同时抒发了不肯低头随势，宁愿付出鲜血、奉献生命也要为国尽力的情怀。

“万里乘风去复来，只身东海挟春雷。”“去复来”写出了诗人的行径，“只身”写出了曲高和寡。哪怕经过“万里”，也要乘风而来，即使只有自己，也要怀抱“春雷”。

“忍看图画移颜色，肯使江山付劫灰”描写了恶劣的局势，“移颜色”“付劫灰”六字，描绘了江山易手、生灵涂炭的情形。又通过“忍看”“肯使”四字，写出了诗人心灵的煎熬和痛苦。

“浊酒不销忧国泪，救时应仗出群才。”在险恶的时局下，“浊酒”也无法消除诗人忧国忧民的伤感，徒呼奈何。“出群才”又抒发了只有万众一心、同舟共济才能改变现状的情怀。

“拼将十万头颅血，须把乾坤力挽回。”通过号召“十万”，表达洒血奉献的决绝。只有献出生命，付出鲜血，才能将“乾坤”重整，江山重铸。“力挽回”又进一步表达了决心，哪怕大厦将倾，也要付出努力，争取挽狂澜于既倒。

背景

本诗作于1905年，秋瑾在由日本返回祖国的船上看到了《日俄战争地图》，不禁心如刀绞，出于推翻清王朝，挽救祖国的豪情，写下了这首诗。

名家点评

〔近代〕孙中山：江户矢丹忱，感君首赞同盟会；轩亭洒碧血，愧我今招侠女魂！

〔现代〕周恩来：勿忘鉴湖女侠之遗风，望为我越东女儿争光！